BVT

Noll kann nicht aufhören sich zu erinnern, und so werden die letzten Stunden zur Spurensuche seines Lebens. Verdrängte Schuld, vertuschte Katastrophen – im Erinnern erzählt sich auch das Ausgesparte, das Angedeutete mit. Der Großvater, der im Krieg einen Finger verloren und begraben hat. Der Vater, der plötzlich nicht mehr wiederkommt. Und schließlich Noll selbst, der sich von den Menschen entfremdet, weil ihm in den entscheidenden Augenblicken die richtigen Worte fehlen. Nolls Abschied vom Leben ist eine Huldigung an das Erzählen.

Nina Jäckle wurde 1966 geboren und lebt heute in Berlin. Bisher hat sie Hörspiele und die Erzählungen *Es gibt solche* (Berlin Verlag, 2002, und BvT, 2004) veröffentlicht. Sie erhielt mehrere literarische Auszeichnungen und Stipendien.

Nina Jäckle

Noll

Roman

Berliner Taschenbuch Verlag

Für KP

Januar 2006
BvT Berliner Taschenbuch Verlags GmbH, Berlin

Umschlaggestaltung:
Nina Rothfos und Patrick Gabler, Hamburg,
unter Verwendung einer Fotografie von
© Zea/A. B./R. Knobloch
Gesetzt aus der Stempel Garamond durch
Offizin Götz Gorissen, Berlin
Druck und Bindung: Clausen & Bosse, Leck
Printed in Germany · ISBN 3-8333-0340-9

EINS

Wie das wohl ist für einen, der den letzten Augenblick gesetzt hat, wie man einen Punkt setzt, nach dem beendeten Satz. Wie das wohl ist, wenn einer geht.
Ein letztes Mal den Hörer des Telefons auflegen, ein letztes Mal den Stuhl unter den Tisch schieben, ein letztes Mal der Griff nach dem Mantel am Haken neben der Tür.
Wie das wohl ist, wenn einer geht, zuvor jedoch die täglichen Dinge tut, unwichtige Handgriffe, die plötzlich etwas Abschließendes bedeuten, das Spülen des Geschirrs, das Einräumen der Wäsche in die Kommode, das Abschalten des Radios.
Noll hält ein Glas Marmelade in der Hand, dann jedoch stellt er das Glas wieder in das Regal zurück. Er nimmt noch eine zweite und noch eine dritte Tasse Milch, obwohl er keinen Durst mehr hat, und Noll trinkt, bis die Milchtüte leer ist, nichts soll angebrochen zurückbleiben. Irgendwann dann wird Noll pünktlich die Wohnung verlassen.
Wie das wohl ist, ein letztes Mal mit dem besten Freund in einer Bar zu stehen, zu lächeln, wie im-

mer, Geschichten zu hören, wie immer, zu erzählen, wie immer, ohne sich das Wissen um den selbst gewählten Augenblick anmerken zu lassen, oder aber während des letzten Händedrucks auf der Straße ein nächstes Treffen mit dem Freund zu vereinbaren, in dem Wissen darum, dass es nicht stattfinden wird. Nicht zusammenzufassen, in diesem Moment, nach all den Jahren Freundschaft.
Wie das wohl gehen mag, nicht doch zu zögern und die Hand des Freundes zu lange und zu fest zu drücken. Bis dann zu sagen, mach es mal gut.
Nolls Blick in den Spiegel ist anders als sonst, ein Abrufen der Momente, während er sein Gesicht betrachtet. Noll entfernt die Haare aus dem Kamm und behält sie lange in der Hand, als wollte er nichts mehr abgeben von sich.
Zuerst war der selbst gewählte Augenblick ein Datum. Mittlerweile ist er ein Wochentag geworden, ein Dienstag irgendwann, ein Dienstag in ein paar Wochen, morgen.
Man muss es sich vorstellen, wie das wohl ist, wenn irgendwo in dieser Stadt einer die Augen aufschlägt und weiß, morgen wird es sein, und er bleibt noch einen Moment im Bett liegen. Morgen, denkt Noll, und er dreht sich nicht auf die andere Seite, wie es jetzt Gewohnheit wäre, um noch ein paar Minuten zu schlafen. Ein paar Minuten, denkt Noll,

und er streckt die Beine aus, die Arme, dann steht er auf.

Vielleicht wird jemand anrufen, vielleicht wird Nolls Schwester anrufen, um einen Streit weiterzuführen, doch es wäre Noll kein Streit möglich. Was ist denn nur mit dir, würde die Schwester lachen, versöhnt, ohne zu wissen, weshalb.
Mit der Mutter wird Noll nicht sprechen, die Mutter würde es bemerken, sie würde es sofort wissen. Nolls Mutter würde über die Nachbarschaft sprechen, oder über das Essen und all die Gäste, sie würde etwas über die Familie zu berichten haben, und plötzlich würde die Mutter während des Sprechens wissen, wie unwichtig alles geworden ist.
Es gibt Verpflichtungen in Nolls Leben, so zum Beispiel der Hund, und Noll fährt bereits Wochen vor dem selbst gewählten Dienstag aus der Stadt heraus und er sucht auf dem Land nach einer Bleibe für das Tier. Der Hund lässt Noll nicht aus den Augen, er verfolgt jeden der Handgriffe, während sie von Dorf zu Dorf fahren, auf der Suche nach einer Familie, der die Begründung, ein Hund gehöre nicht in die Stadtwohnung, ausreicht, um das Tier aufzunehmen.

Noll setzt sich an den Tisch in der Küche und er will nicht aufhören zu lächeln und so erinnert er sich an die Zeit in dem elterlichen Haus, an die Zeit, als Noll und die Schwester heimlich den Fernseher anschalteten, spätabends, sobald die Eltern einmal nicht zu Hause waren. Sie sahen die verbotenen Filme, die sie über Wochen weiterträumten. Verschwitzt erwachten sie oder sie weckten sich gegenseitig, weil sie im Traum gesprochen hatten, doch sie durften den Eltern nicht von ihrer Furcht erzählen, das hätte sie verraten.

Noll erinnert sich an sein erstes eigenes Zimmer, er bezog es zur Weihnachtszeit, ein großes Zimmer im Kellergeschoss des Hauses, mit separater Eingangstür. Da kannst du sehen, wie sehr wir dir vertrauen, hatte Nolls Mutter gesagt, ein Zimmer mit eigenem Ein- und Ausgang bekommst du von uns.

Noll nimmt die Tüte mit dem Müll, er bringt sie hinunter in den Innenhof des Hauses.

Wie das wohl sein mag, wenn einer geht, zuvor jedoch die täglichen Dinge tut, die plötzlich etwas Abschließendes bedeuten. Noll setzt sich wieder an

den Tisch und er will nicht aufhören sich zu erinnern.
Noll zog im Kellergeschoss des Hauses ein, die Kisten mit Spielzeug brachte er auf den Dachboden, die Freunde kamen durch die eigene Tür herein und durch die eigene Tür gingen sie auch wieder hinaus, die Schwester durfte Nolls Zimmer nicht betreten. Eines Abends ließ Noll die Kerzen des Adventskranzes auf dem Tisch brennen und so war plötzlich Rauch überall.
Noll sitzt in der Küche an dem Tisch aus Holz, in dessen Mitte eine adventskranzgroße Stelle ausgebessert worden war, und Noll denkt an sein erstes eigenes Zimmer, das er einige Zeit nicht bewohnen konnte wegen des Gestanks nach kaltem Rauch. Nolls Vater stand an dem Fenster und er griff nach dem Vorhang, du wirst nicht auch noch die Vorhänge dran glauben lassen, schrie die Mutter den Vater an, sie hatte bereits einen Eimer voll Wasser in der Hand und das Wasser zischte und es stieg eine schwarze Säule auf, bis hin zur Zimmerdecke.

Das war, kurz bevor der Vater sich den Bart abrasierte, kurz bevor er Gewohnheiten und Rasierwasser wechselte, den Bauch einzog und vor dem Spiegel den Sitz der Frisur überprüfte. Das war, kurz bevor die Mutter sich vornahm, jeden Abend wach zu bleiben, so müde sie auch war, sie trank Kaffee und wartete bis spät in die Nacht hinein, um dann auf die Uhr sehen zu können, sobald der Vater endlich nach Hause gekommen war.

Noll sitzt in der Küche an dem Tisch und es ist still, niemand ist im Innenhof des Hauses noch auf der Treppe noch im Flur zu hören. Noll hat die Hand des besten Freundes nicht zu lange gedrückt, bis dann, mach es mal gut, hat er dem Freund gesagt. Noll hat das Glas mit Marmelade wieder in das Regal zurückgestellt, er hat den Hund aufs Land gebracht, dies alles ist noch nicht lange her.

Man setzte sich zweimal im Jahr an den dekorierten Tisch, denkt Noll. Die gesamte Familie war da und sie kam immer wieder zusammen, jeder hatte seinen Platz. Großvater saß stets unter der polnischen Kunst aus Bronze, das Heilige Abendmahl, das ein wenig schief hing, eine flache Scheibe, die bei jedem Luftzug gegen die getäfelte Wand stieß und einen Ton verursachte, den es so nur bei den Großeltern zu hören gab. Dort saß Großvater und er wurde von Jahr zu Jahr kleiner, wir hingegen wurden von Jahr zu Jahr lauter, damit Großvater uns verstand, denkt Noll.

Großvater verschwindet im Verhältnis zur sich steigernden Lautstärke der Familie, sagte Nolls Schwester eines Abends, mal sehen, wie laut es noch werden wird.

Um nicht zu schweigen, fragte man nach der Geschichte des Großvaters. Man ließ einige Details aus, über die niemand sprechen wollte, was blieb von damals, das war die harte Zeit und der Kampf, der sich so gut erzählen lässt, mit Worten wie Hunger, Hoffnung, Mut und Angst. Der Großvater hatte beim Erzählen die Stimme des Helden und so erzählte er davon, wie klein und brav der Onkel auf der Flucht gewesen sei, wie die ganze Familie mit nur einem Koffer im letzten Moment, mit dem letzten Zug, auf den letzten noch freien Plätzen über die letzte noch offene Grenze gekommen sei, im letzten Moment, wiederholte der Großvater, und alle starrten nun auf seine rechte Hand, denn jeder am Tisch wusste es, der Großvater würde jetzt die vier verbliebenen Finger in die Höhe halten.

Ich habe mir den Zeigefinger in dem stillgelegten Sägewerk selbst abgetrennt, nur für euch, sagt Noll jetzt leise den Satz, den er so oft von dem Großvater gehört hatte.

Man muss es sich vorstellen, Noll sitzt in der Küche und er will nicht aufhören sich zu erinnern.

Ihr hättet die Flucht ohne mich nicht überstanden, sagte der Großvater immer wieder, ich durfte es also nicht riskieren, an die Front geschickt zu werden, und um sicher zu sein, dass man mir den abgetrennten Finger nicht einfach wieder annähen würde, habe ich ihn vergraben, hört Noll den Großvater sagen, stets auf dieselbe Weise erschöpft an dieser Stelle. Als die Großmutter noch am Leben war, setzte sie nun ein, um vom Wundbrand und vom Fieber zu berichten. Ich hatte alles getan, um eine Infektion zu vermeiden, das könnt ihr mir glauben, sagte die Großmutter, und sie sah dem Großvater in die Augen und dann sprach sie vom Glück, das der Großvater gehabt hätte, das am Ende die ganze Familie gehabt hätte, und dann dankte die Großmutter dem Schutzengelchen, woraufhin der Großvater lachte, ein recht großer muss es gewesen sein, ein ganz großer Engel, kein chen.

Noll erinnert sich an die Schwester, die eines Tages fragte, ob man nicht dorthin reisen wolle, die ganze Familie gemeinsam, zu diesem stillgelegten Sägewerk reisen, an diesen Ort zurückgehen, an dem der Finger des Großvaters vergraben lag. Vielleicht könnte man einen Findling aufstellen, sagte Nolls Schwester, schließlich ist dem Finger viel zu verdanken, und dann fragte sie den Großvater, weshalb er damals zu einem stillgelegten Sägewerk gegangen sei, wo er doch vorhatte, den Finger mit der Axt abzutrennen, was er schließlich überall hätte tun können, sogar zu Hause.

Es gab dort diese Pflöcke, man konnte bequem die Hand auflegen, antwortete der Großvater, wirst du wohl still sein, rief die Großmutter, willst du wohl endlich Ruhe geben mit dieser fürchterlichen Geschichte, immer wieder diese Geschichte und wieder und wieder, und der Großvater lachte, er sah auf den Stummel an seiner Hand, und dann nannte der Großvater Nolls Schwester Quälgeist.

Niemand fragte je nach dem Geld, das der Großvater auch in den schwersten Zeiten gehabt hatte, denn man ließ einige Details aus, über die niemand sprechen wollte.

Es gab keinen Streit am Tisch der Familie, nur die Geschichte des Großvaters und die Fragen nach Butter, Sauce oder einem Glas Wein. Es gab zwei Kartons, randvoll mit Tischdekoration. Ostern und Weihnachten.

Gelb und rot, denkt Noll jetzt, in der Küche, an dem Tisch, man muss es sich vorstellen, wie das wohl ist, wenn einer den letzten Augenblick gesetzt hat, wie man einen Punkt setzt, nach dem beendeten Satz, wie das wohl ist, wenn einer geht.

Noll sieht seine Dinge an, die Pflanze auf dem Fensterbrett, den Stuhl ihm gegenüber, die Gewürze, das Radio, das Kissen auf dem Stuhl. Christina, denkt Noll, und er will nicht aufhören sich zu erinnern. Christina wollte Opernsängerin werden und so übte sie unentwegt und überall Tonleitern. Manchmal ging sie mit Noll durch die Stadt, meist sonntags, und Christina nahm Nolls Hand und sie spiegelten sich Hand in Hand in den dunklen Schaufenstern oder sie gingen in dem Schlossgarten auf und ab. Eines Sonntags war Christina plötzlich vor dem Schaufenster eines Reisebüros stehen geblieben, jetzt küssen wir uns, das sagte sie, und es schien weniger ein Verlangen als vielmehr eine Bildunterschrift dessen zu sein, was Noll im Schaufenster gespiegelt sah, und so bekam er den ersten Kuss. Es war ein Kuss, mit dem Noll nichts anzufangen wusste, ein Kuss, der wie verirrt in der Mundhöhle blieb. Noll schien es, als würde dieser Kuss minutenlang andauern, und Noll wusste nicht, wie er sich jemals wieder aus Christinas Umarmung würde lösen können.

Als sie nebeneinander gingen, sah Noll Christina nicht an, er sah zu Boden, er wollte dieses Geheimnis nicht mit ihr teilen, er wusste, dass er sie nun ansehen müsste, dass sie ihm nun diese Vertrautheit abverlangte, die sich einzustellen hat nach einer Berührung dieser Art, und Noll wusste nicht, was er sagen sollte, um endlich allein nach Hause gehen zu können, stell dich nicht so an, lachte Christina, sie nahm Nolls Hand, dann sang sie Tonleitern.
Noll erinnert sich an den Tag nach dem ersten Kuss, als er Christina auf dem Schulhof wiedersah, und Noll starrte unentwegt auf Christinas Mund und die Erinnerung an diesen Kuss war ihm ein Graus und so wollte er den eigenen Speichel nicht mehr schlucken, bis ihm übel wurde und eine Lehrerin ihn zwang, ein Glas Wasser zu trinken.

Ostern und Weihnachten, gelb und rot, denkt Noll, und plötzlich fällt ihm ein, dass täglich die Zeitung gebracht wird, gebracht werden wird, auch weiterhin, auch über den selbst gewählten Dienstag hinaus, und so bestellt Noll das Abonnement ab. Er wird gefragt, ob er nicht zufrieden gewesen sei, und Noll weiß keine Antwort, doch, doch, sagt er, das ist es nicht.

Noll sitzt an dem Tisch in der Küche und er denkt daran, einmal fünfzehn Jahre alt gewesen zu sein, und Noll erinnert sich an den Wunsch zu erobern und Eroberung bedeutete damals, aus Fenstern zu klettern, länger als erlaubt an verbotenen Orten zu bleiben, das schnellste Mofa zu besitzen, und so erinnert sich Noll nun auch an die Zwillinge, sie standen nebeneinander an der Ampel und Noll war mit dem Mofa direkt vor sie hingestürzt. Noll lag mit gebrochenem Bein am Boden, und als er aus der Sekundenohnmacht erwachte, sah er in ein Gesicht, das zweimal über ihm erschien. Er tastete nach seinem Kopf, voll Angst, der Schädel sei geborsten, zweigeteilt, verschoben, und einer der Zwillinge lachte darüber, während der andere sagte, der Krankenwagen sei bereits unterwegs und nirgendwo sei Blut zu sehen, immer mit der Ruhe, sagte einer der Zwillinge, nicht so schlimm, sagte der andere, kein Blut zu sehen, kein offener Bruch, und wir, wir sind wirklich zwei.

Die Zwillinge kamen Noll oft in dem Krankenhaus besuchen, sie waren klein, denkt Noll jetzt. Die Zwillinge hatten eine Schwester und die Schwester der Zwillinge hatte eine Freundin und die Freundin der Schwester hatte diese Augen, in die Noll dann so viele Jahre sah.

Mara sprach oft vom Vermissen. Sie vermisste den Blick und die Hunde, sie vermisste die Hühner auf dem Kiesweg hin zu dem weißen Haus, Mara vermisste ihre Großmutter und ihre Mutter, die so oft auf der vorderen Terrasse saßen und sich unterhielten, sich fast täglich Geschichten erzählten, als hätten sie sich monatelang nicht gesehen. Mara vermisste die Stimmlage der Sprache, dieses R, das Geräusch der Kaffeemaschine in der einzigen Bar des Dorfes, die Musik, den Jodwind. Noll reiste mit Mara zu dem weißen Haus, zu den Eltern, zu den Geschwistern und Großeltern.

Noll sitzt an dem Tisch in der Küche, man muss es sich vorstellen, es geht auf Dienstag zu, denkt er, und in dem Innenhof des Hauses hört er die Nachbarin sprechen, er hört die Stimme des Hausmeisters, Noll sitzt an dem Tisch in der Küche und der selbst gewählte Dienstag ist nicht mehr irgendein Dienstag, morgen, denkt Noll jetzt, und er hat die Hand des Freundes nicht zu lange gedrückt, bis dann, mach es mal gut, hatte er dem Freund gesagt, und Noll geht zu dem Fenster, er sieht, wie die Nachbarin in das Haus gegenüber tritt, Noll hört die Haustür zufallen, dann ist es still.

Bald begann Mara zu schimpfen, von Tag zu Tag ein wenig öfter, über die Männer im Dorf, über die Mutter, über den Zustand des Hauses. Noll hingegen liebte das Bellen der Hunde, die nachts in den Bergen und tags am Strand waren, Noll liebte den Tonfall dieser Sprache, die er noch nicht immer verstand, Noll saß auf der Terrasse des Hauses und er sah dem Wetter zu, er achtete darauf, wann Vollmond war, er wusste, wann Regen kommen würde. Noll kannte die Männer, die in der Bar an dem Tresen lehnten, und sie unterhielten sich laut, berichteten vom Tag, von der Arbeit im Hafen, auf den Feldern oder in einer der Autowerkstätten vor den Toren der nächsten Stadt.
Wann setzt die Erholung ein, dachte Noll eines Abends, und er ging lange durch die Straßen des Dorfes, wann endlich setzt die Erholung ein, dachte Noll, und er blieb, Mara flog allein zurück.
Nach all den Jahren hat Noll nun das Verlangen, mit Mara zu sprechen, und er sucht ihre Telefonnummer aus dem alten Notizbuch heraus. Noll weiß nicht, was er Mara sagen könnte, wo anfangen, denkt Noll, wo aufhören, jetzt, nach all den Jahren, so lange her, das alles, denkt Noll.

Die Handschrift, in der er damals Namen und Telefonnummern in das Notizbuch eingetragen hatte, ist ihm heute fremd. Es stehen Namen geschrieben, denen Noll weder mehr ein Gesicht noch eine Bedeutung zuordnen kann. Noll zählt die Jahre zurück, wo aufhören, denkt er, wo anfangen, und er geht weiter die Namen durch, er spult das Leben zurück, er spult es vor und Noll sieht seine Hände an, er findet ein paar neue Flecken, unauffällig auf die Handoberflächen verstreut. Noll zählt die Flecken auf jeder Hand, er zählt die Jahre, wo anfangen, denkt er, man muss es sich vorstellen, wo anfangen, denkt Noll.

Er will nicht aufhören sich zu erinnern und so denkt Noll an Maras Abreise, er brachte sie zum Flughafen, du lässt also deinen Flug einfach so verfallen, fragte Mara leise, lässt mich allein hier durchgehen, sagte sie. Noll sah Mara an, nur hier gibt es diesen entschiedenen Himmel, der nichts ist als blau, dachte Noll, und es gibt den ungenauen Himmel, wolkenlos zwar, doch hinter dem Blau ist Weiß und so ist das Blau ein Circa-Blau, das mit dem Weiß verschwimmt, dachte Noll. Es gibt den in viele spitze Wolken zerbrochenen Scherbenhimmel, es gibt den Fischgrätenhimmel und nur hier gibt es diesen erdenrunden Abendhimmel, dachte Noll, während er Mara ansah. Lässt mich also allein gehen und sagst nichts dazu, fragte Mara noch einmal, und Noll nickte, Mara nickte auch, dann ging sie.

Noll verließ das Flughafengebäude und er nahm den Bus in die nächste Stadt und noch einen Bus, in eine andere Stadt, und Noll fuhr, ohne zu wissen, wohin, von einer Stadt in die nächste. So weit fuhr er, bis er kein Geld mehr bei sich hatte, bis er nicht mehr gar so oft an Maras Augen dachte, und dann blieb Noll in einem kleinen Dorf nahe der Küste.

Noll sitzt an dem Tisch in der Küche, man muss es sich vorstellen, und Noll erinnert sich jetzt an den Bauern und dessen Sohn, bei denen er ein Zimmer fand, bei denen er Orangen erntete und dafür Essen bekam.

In dem kleinen Ort gab es eine Eisenbahnstrecke und einen sehr alten Zug, es gab links und rechts von den Gleisen die sandfarbene Berglandschaft, es gab Grotten in den Bergen. Die Hippies hausen dort wie die Käfer zwischen den Steinen, sagte der Sohn des Bauern einmal, aber was geht es mich an, fügte er hinzu.

Noll sitzt in der Küche und er sieht sich selbst aus der Wohnung kommen, pünktlich um sechzehn Uhr, er hört in Gedanken die Tür hinter sich zufallen, an einem Dienstag wird das sein, nächsten Dienstag wird das sein, morgen.

Diese Gegend ist berühmt dafür, dass sie so aussieht wie Mexiko, sagte der Sohn des Bauern damals zu Noll, sie kommen aus ganz Europa und sie drehen ihre Filme hier, Westernfilme sind es meist. Manchmal ist die Bar unten im Dorf dann voll von Indianern und Cowboys, die gerade Pause machen. Alle

Kinder im Dorf wollen einmal Indianer werden und sie haben vom Indianersein ein klares Berufsbild, sagte der Sohn des Bauern. Es ist allerdings ein kleiner Ruhm, dieses So-Aussehen-wie-Mexiko, fügte er hinzu, ich kenne Mexiko nicht, sagte der Sohn des Bauern, dann lachte er, wie Mexiko, was heißt das schon.

Wo anfangen, denkt Noll, und er spult das Leben zurück, er spult es vor, wo aufhören, denkt er.

Ob er in den Spiegel sehen, ob er die Wohnung lüften, den Kühlschrank abschalten, den Schal umbinden soll, bevor er morgen dann pünktlich um sechzehn Uhr die Wohnung verlassen wird.

Es gab eine Bauruine in der Nachbarschaft, vier Stockwerke standen vergessen am Ende einer Seitenstraße. Manchmal spielten die Kinder des Dorfes dort, Noll hörte sie vervielfacht durch die betonierten Gänge rufen. Die Kinder wurden jedoch immer wieder verjagt, von dem alten Mann, von Viejo, der die Bauruine bewohnte, der Wache hielt, dessen Enkel in diesem Haus beim Spielen zu Tode gekommen war. Jeder im Dorf wusste es, jeder hatte Viejos Geschichte schon einmal erzählt. Der alte Mann verbringe sein Leben seit dem Unglück nur mehr mit dem Verjagen von Kindern, das erzählte man über ihn.

Viejo lebte im zweiten Stock des vergessenen Hauses, er würde dort wohl sterben, eines Tages, erzählte man, und welches Leid er damit seiner Tochter antue, die Tochter, die in diesem Haus bereits den Sohn verloren habe, so nun auch den Vater, erzählte man sich.

In der Bauruine nisten die Schwalben im vierten Stock, sagte der Sohn des Bauern eines Tages, wir sollten die Eier aus den Nestern holen, denn die

Restaurants in der Stadt, die feinen, ganz unten am Hafen, die zahlen gut für Schwalbeneier, sagte der Sohn des Bauern.

Nachts stiegen sie in den vierten Stock der Bauruine hinauf. Sie kletterten außen an dem Baugerüst entlang, Viejo war noch wach, es brannte ein Licht, manchmal hörten sie Viejos Husten.

Der Sohn des Bauern fand die Nester, ohne zu suchen, mach dir keine Sorgen wegen des alten Mannes, sagte er zu Noll, während er die Schwalbeneier in eine Tasche legte, der Alte kriegt nichts mehr mit, und selbst wenn, was hieße das schon.

Immer nisten diese dummen Viecher an denselben Stellen, sagte der Sohn des Bauern, immer sind es ungefähr gleich viel Eier, obwohl die Schwalben wissen, dass ich kommen werde, um die Eier zu stehlen, sagte er, und er hatte nun die Tasche mit den Eiern gefüllt, nur ein paar wenige ließ er in den Nestern zurück. Damit auch im nächsten Jahr wieder welche zu holen sind, sagte der Sohn des Bauern, komm, lass uns gehen, sagte er zu Noll, und er stieg bereits über das Baugerüst wieder hinunter.

Noll hielt ein Glas Marmelade in der Hand, dann jedoch stellte er das Glas wieder in das Regal zurück, das war vor ein paar Stunden. Noll bestellte die Zeitung ab, er dachte auch daran, die Wohnung zu kün-

digen, tat es jedoch nicht, wohin mit den Möbeln, mit den Dingen, die sich angesammelt haben, in all den Jahren, dachte Noll.
Noll putzt die Fenster, er saugt unter und hinter den Möbeln, Noll beschriftet Kisten, die voll sind mit Fotografien und Unterlagen, er geht die Wohnung ab und er plant Schritt für Schritt das Hinterlassen der Räume für fremde Augen.

Noll sitzt in der Küche und er denkt an Viejo, den alten Mann, der im Dunkeln plötzlich neben ihm stand, ihr habt die Nester wieder leer geräumt, sagte Viejo leise, jedes Mal, wenn ich die Vögel brüten sehe, hoffe ich, ihr würdet nicht kommen. Der Sohn des Bauern war längst unten angelangt, komm, rief er, komm schon, dann lief er davon.
Noll sah den Alten an, ich bin zum ersten Mal hier oben, sagte Noll, das ist nicht von Bedeutung, antwortete der Alte, kommen Sie mit mir, gehen wir hinunter, fügte Viejo hinzu, und dann saßen sie lange beieinander, auf einer Matratze am Boden saßen sie, viele Kissen hatte Viejo dort, in verschiedenen Größen und Farben, die haben mir die Frauen genäht, in unserer Familie gibt es viele Frauen, fast nur Töchter und Töchter der Töchter. Sie kommen hin und wieder hierher zu mir, sie bringen etwas zu essen, sie bringen Wäsche und eben Kissen. Sie sagen, das sei

gemütlicher so, und sie denken unentwegt an meine Nieren, an mein Kreuz. Deshalb die Kissen, damit es nicht kalt wird, von unten her, damit es weich ist. Das sagen die Frauen immer wieder, wenn du schon hier bleiben willst, wenn du schon leben willst wie ein Hund, dann nimm wenigstens die Kissen unter deinen Hintern.

Viejo sprach von der Firma, der das Geld ausgegangen war, die das Haus ungesichert hatte stehen lassen, einfach verschwunden sind sie allesamt, sagte Viejo, die Arbeiter kamen von einem Tag auf den anderen nicht mehr wieder, niemanden ging das Haus mehr etwas an, sie sind einfach fortgegangen und fortgeblieben, es waren viele Portugiesen, einige Franzosen, ein paar Spanier waren auch dabei, niemand aus unserem Dorf, ein paar Arbeiter aus den Pyrenäen, Fremde, sagte Viejo. Die Bauruine ist ein Paradies für kleine Jungs und Mädchen, ich muss Acht geben, dass die Kinder nicht hierher kommen, zum Herumtoben. Ich muss es ihnen verbieten, ich muss sie davonjagen, sagte Viejo. Ja, das ist es, was ich zu tun habe, die Kinder davonjagen, sagte er.
Noll erinnert sich an die Bauruine, an den Geruch des feuchten, unverkleideten Betons, an die in die Höhe ragenden Stahlstangen, an die Kreidemarkierungen der Bauarbeiter, an den Staub und auch an die Blumen, die immer wieder an dieser bestimmten Stelle lagen, zu der Viejo oft ging.
Einmal lachte Viejo plötzlich, nicht, dass du denkst,

die spanischen Frauen würden den ganzen Tag Blumen und Kissen verteilen, geh mal hinunter in das Dorf und sieh ihnen beim Schlachten der Hühner zu. Ein Geschrei ist das, die Federn fliegen und die Frauen lachen und sie schimpfen und sie erzählen, und das Blut aus den Vogelhälsen spritzt im Herzschlagtakt.

Ich hatte dem Kleinen noch nicht alle Geschichten erzählt, sagte Viejo eines Abends zu Noll, das Wort bekam ich abgeschnitten, sein Sturz schnitt mir das Wort ab, und damit begann der Spuk im Kopf, die Geschichten geben seither keine Ruhe mehr.

Der Kleine kam oft auf meinen Schoß geklettert und er sah mich an, das Kind, das du warst, das sagte er zu mir, und dann sollte ich erzählen. Er hatte Lieblingsgeschichten, nach denen er wieder und wieder verlangte. Er achtete genau darauf, dass ich stets dieselben Worte in derselben Betonung benutzte. Hin und wieder verbesserte er mich, manchmal war es lediglich ein Und oder ein Aber an der falschen Stelle. Er hatte sich, so schien es, das Erzählen auch als Melodie eingeprägt, sagte Viejo.

Sie müssen nicht hier bleiben, sagte Noll, dies ist kein guter Ort für Sie, dieses unfertige Haus. Viejo lachte, nein, sagte er, es ist der schrecklichste Ort, an dem ich je geblieben bin.

Noll wollte Viejo mit nach Deutschland nehmen, er wollte Viejo das Arbeitszimmer geben, und so dachte

Noll an das Arbeitszimmer, an die Wohnung, an das Treppenhaus, an die Straße vor den Fenstern, und Noll übersah das Meer, er saß nicht mehr in der Bar, der Jodwind schien Noll nicht mehr erwähnenswert, keinen Blick hatte Noll mehr für den erdenrunden Abendhimmel.
Weißt du, sagte Viejo einmal zu Noll, sie erzählen im Dorf von dem jungen Mann, der nun auch in der Bauruine lebt. Wir hätten uns Waffen zugelegt, heißt es im Dorf, wir säßen hier und planten etwas Großes, heißt es. Du solltest gehen, bevor wir zu gefährlich werden, lachte Viejo, du kommst mit mir, entgegnete Noll, sobald ich das Geld für die Reise verdient habe, gehen wir zusammen fort von hier.

Noll saß nachts an der Rezeption eines kleinen Hotels, er vergab Schlüssel, er verkaufte mitten in der Nacht Zigaretten oder Wein an die Gäste, manchmal belegte er Brote oder er brachte einem Hotelgast Obst auf das Zimmer.
Eines Nachts wurde Noll um Rotwein gebeten, Einzelzimmer, zweiter Stock, Straßenseite, erinnert sich Noll jetzt, und er sieht auf seine Handrücken, Noll zählt die Flecken, er spult das Leben zurück, er spult es vor, Noll betrachtet die Notizen, die Namen und Telefonnummern, er erinnert sich an Viejo, an das erste eigene Zimmer, an den Sohn des Bauern, an den Finger des Großvaters, an die Zwillinge, und der selbst gewählte Augenblick ist zu einem Dienstag geworden, wird morgen eine Uhrzeit sein.

Ich sollte das Telefon abmelden, ich sollte den Durchlauferhitzer abschalten, den Haupthahn im Badezimmer zudrehen, denkt Noll.
Ob er in den Spiegel sehen soll, kurz bevor er die Wohnung dann verlassen wird, ob er abschließen

oder die Wohnungstür lediglich zuziehen, ob er einen Schal umbinden, die Schuhe putzen soll.

Damals öffnete Karina die Tür, Sie haben ja nur ein einziges Glas dabei, trinken Sie denn aus der Flasche, fragte Karina, und so blieb Noll in dem Einzelzimmer, zweiter Stock, Straßenseite, und er hatte Maras Augen vergessen, er trank den Rotwein aus der Flasche und er blieb die ganze Nacht, bis er zurück an die Rezeption musste, weil die ersten Gäste abreisen wollten, weil der Chef bald kommen würde, weil es Tag wurde.

Noll sitzt in der Küche und er sieht die Dinge an, immer wieder. Die Lampe auf dem Fensterbrett, den Stuhl ihm gegenüber, den Schrank mit den Gläsern, Tassen und Tellern, das Radio. Er blättert das Notizbuch durch und Noll findet Karinas Namen, eine Telefonnummer, wo anfangen, denkt Noll, wo aufhören, denkt er, und er wählt Karinas Nummer nicht. Wie geht es dir, das würde Karina ihn fragen, vielleicht würde er sich an ihre Stimme erinnern, mir geht es gut, würde Noll antworten, mehr würde er nicht sagen.

Jede Nacht war Noll zu Karina in das Zimmer hinaufgegangen. Jede Nacht ließ sie ihn erzählen, von der Stadt, aus der er kam, von der Familie, von den Freunden. Noll erzählte auch von dem Mann, den die Polizei wochenlang suchte, der sich hin und wieder am Schlossplatz zwischen den Postkartenhaltern des Postershops versteckte, der sich entblößte, ruckartig, dennoch ohne Hast und Erregung, sobald jemand in seine Richtung sah.

Der Mann hatte niemals nach jemandem gegriffen, er hatte niemals ein Wort gesprochen. Auch Noll hatte ihn damals gesehen, jetzt erinnert sich Noll an den Blick des Mannes, nicht bösartig, ein Blick, der sich nicht auf den entblößten Schoß bezog, es war eher der Blick eines Mannes, der nach der Uhrzeit fragt oder nach Wechselgeld.

Und nun, das hatte Noll den Mann damals leise gefragt, und nun, hatte der Mann wiederholt, er sah Noll an, als würde er überlegen, dann schloss der Mann den Mantel und ging eilig davon.

Noll war tagelang Held der Schule gewesen, oft standen sie um ihn herum, sogar die älteren Schüler aus den oberen Klassen wollten sich Nolls Geschichte vom Schlossplatzmann erzählen lassen. Noll erzählte, wie er den Schlossplatzmann beiseite geschoben habe, um ihn vor dem Polizisten zu verstecken, der nicht weit entfernt in einem Auto saß. In eine dunkle Ecke der Fußgängerpassage habe Noll den Schlossplatzmann gezerrt, weil Noll Mitleid mit dem Ver-

wirrten gehabt habe, weil dieser Irre harmlos gewesen sei, und so war es Noll, der das Geheimnis des Schlossplatzmannes kannte, der es hütete, und alle wollten die Geschichte hören, wieder und wieder.
Noll hatte während des Erzählens bald vergessen, dass er davongelaufen war, rot im Gesicht vor Scham und Angst. Noll hatte vergessen, dass er sich in sein Zimmer eingeschlossen und dort gewartet hatte, bis endlich die Mutter nach Hause kam.
Wir lagen in dem schmalen Hotelbett, Einzelzimmer, zweiter Stock, Straßenseite, denkt Noll jetzt, Karina lachte damals, du also warst Held der Schule, weil du den Schlossplatzmann vor der Polizei versteckt hast, weil er dir sein Geheimnis anvertraute, sagte Karina, welches Poster du dir wohl hast kaufen wollen, fügte sie hinzu. Das war die Nacht, in der Viejo starb.

Ob Noll für den kurzen Weg einen Schal umbinden, ob er noch einmal in den Spiegel sehen soll, morgen, bevor er die Wohnung dann pünktlich verlassen wird. Noll hat die Zeitung abbestellt, er hat unter und hinter den Möbeln gesaugt, er hat die Fenster geputzt. Ob er morgen dann das Bett frisch beziehen soll.

Noll fand Viejo zwischen all den Kissen liegend, und Viejo starrte an die Betondecke mit leicht geöffnetem Mund, und eine Falte war da zwischen den Augenbrauen zu sehen, als habe Viejo ein Wort vergessen, so sah er aus, als suchte er angestrengt nach einem ganz bestimmten Wort, denkt Noll jetzt. Auch damals dachte er es und tagelang ließ sich dieser Gedanke an das fehlende Wort nicht vertreiben.

Welches Wort, das dachte Noll, während er mit wenigen Trauernden auf dem Kirchhof stand, während er in der Kirche saß, welches Wort, das dachte Noll, und er denkt es auch jetzt.

Noll hörte den Priester sprechen von Vertrauen, Licht und Tal. Noll hörte den Priester Seele sagen und Vergebung, Noll hörte ihn von Sünden sprechen und von Gnade. Noll stand auf, standen alle auf, Noll sah zu Boden, sahen alle zu Boden, er hörte das Murmeln aller bis hin zum Amen und Noll wusste nicht, ob er das Recht habe, die Hände zu falten, so, wie es jene tun, die glauben.

Wohin nur mit den Händen, das dachte Noll, und dann war da wieder das Murmeln, dieses geflüsterte Gebet aller, als würde man sich heimlich und schlechten Gewissens zusammentun.

Sie hoben Viejos Sarg an, sie trugen ihn langsam hinaus, eine Frau weinte, sie ging hinter Noll, und plötzlich stand Noll an der frischen Luft und im Licht. Er blieb abseits, als sie Viejos Sarg in den Schacht hinabließen, welches Wort nur fehlte ihm, dachte Noll, und er hörte den Priester Staub sagen, während die Trauernden, einer nach dem anderen, eine Schaufel voll Erde auf Viejos Sarg hinunterwarfen, wohin nur mit den Händen, welches Wort, dachte Noll.

Früher ist Viejo wie ein Wilder Motorrad gefahren, sagte die Frau, die neben Noll stand, Viejo tat das so leidenschaftlich und so halsbrecherisch, dass ich mir sicher war, das Motorradfahren würde ihn eines Tages umbringen. Ich dachte, er würde in einem unachtsamen Moment aus der Kurve getragen oder von einem Auto mitgerissen, er würde vielleicht ein Schlagloch übersehen oder auf der sandigen Straße ins Rutschen geraten. Ich war mir sicher, Viejos Tod würde das Motorrad sein, schnell und unabwendbar, weil doch die Art des Todes zum Menschen passen soll.

Viejo fuhr immer zu schnell, man kannte ihn ausschließlich rasend und dann, eines Tages, verschwand er in diesem Haus, er rührte das Motorrad nicht mehr an. Seit der Kleine umgekommen war, bewegte sich Viejo nicht mehr von der Stelle.

Sie sind der Mann, der mit Viejo in dem Haus wohnte, nicht wahr, fragte die Frau nach einem Moment, ich brachte manchmal Blumen, ich habe Sie dort gesehen. Noll nickte, ich hätte ihn mitgenommen, sagte Noll leise, zum nächsten Ersten hätte ich das Geld für die Flüge beisammengehabt. Viejo wäre niemals von hier fortgegangen, antwortete die Frau, ach, es ist traurig, dass sein Tod nicht zu ihm passt. Ich wohne direkt neben der Kirche, fügte sie hinzu, jedes Mal, wenn der kleine Bagger kommt, um ein neues Grab auszuheben, vibriert das ganze Haus. Gestern haben sie Viejos Grab ausgehoben, ich bin in jedes der Zimmer gegangen und habe einen Moment lang das Beben der Wände und Böden gespürt, die Fenster gehört.

Man muss es sich vorstellen. Noll denkt an den Schlossplatzmann, an die Zwillinge, an die Geschichte des Großvaters, an die Schwester. Noll zählt die Jahre, wo aufhören, denkt er, wo anfangen, und er geht weiter die Namen durch, zählt weiter Jahre, Noll spult das Leben zurück, er spult es vor, welches Wort ihm wohl fehlte, damals, denkt Noll jetzt, und er sieht sich an Viejos Sarg stehen, hinter dem er gegangen war, auf einem schmalen Weg bis hin zu der aufgehäuften, frischen Erde neben der Grube, und überall lagen diese Blumen, Noll kannte die kleinen Sträuße, es waren die gleichen wie jene, die hin und wieder an diese bestimmte Stelle in die Bauruine gebracht worden waren. Noll sitzt in der Küche, das aufgeschlagene Notizbuch liegt vor ihm auf dem Tisch, dort steht Karinas Name. Sprach damals je-

mand von fünfzehn bis zwanzig Jahren, so klang das wie ein ganzes Leben, unplanbar und weit gefasst. Eines Tages, das sagt man so oft und weiß von nichts, zwanzig Jahre, das ist morgen, denkt Noll jetzt.
Noll hat die Zeitung abbestellt, er hat das Glas Marmelade nicht angebrochen. Er hat die Fenster geputzt, er hat den Hund aufs Land gebracht, mit der Mutter hat Noll nicht mehr gesprochen.
Ob er in den Briefkasten sehen soll, bevor er pünktlich dann das Haus verlassen wird.

Kommen Sie mit mir, sagte die Frau zu Noll, ich werde Ihnen Fotografien zeigen und das Haus, in dem Viejo wohnte, als wir noch eine Familie waren.
Noll nickte, der verunglückte Junge, das war Ihr Sohn, Sie sind Viejos Tochter, sagte Noll.
Die Frau sah zu Boden, Viejo hat dem Kleinen immer wieder Geschichten erzählt, ganz und gar verwirrt ist das Kind gewesen, sprang es von Viejos Schoß herunter, und dann ging der Kleine los und er suchte die Gestalten und die Orte der Geschichten, am Strand, in Schuppen, in den Felshöhlen, am Hafen, in der Bauruine.
Noll saß Viejos Tochter gegenüber an einem Tisch in einer verdunkelten Küche. Es lagen Fotografien vor ihnen ausgebreitet, ein kleiner Junge am Meer, Viejo als junger Mann, mit Motorrad, im Anzug, der kleine

Junge im Anzug, im Bett, neben einem Auto, mit einem Stock.

Noll sah Viejos Tochter beim Sprechen zu, er erinnert sich auch jetzt noch genau an die Bewegung ihres Mundes, an ihre Mundwinkel, an ihre Lippen, auch während sie nicht sprach. Noll erinnert sich an ihre Hand, immer wieder strich sie über den Kragen ihres Kleides, sie tastete an ihrem Hals nach einer dünnen Kette, lange saßen sie sich gegenüber, Noll sah sich die Fotografien wieder und wieder an.

Sie also sind der Mann, von dem alle gesprochen haben, sagte Viejos Tochter. Man behauptete sogar, Sie beide hätten in der Bauruine ein Waffenlager, und der Mann aus Deutschland würde langsam so werden, wie Viejo bereits geworden war. Das mache die Bauruine. So nämlich ist das mit einem Haus ohne Wände, ohne Zimmer, das Haus ist schuld, ein Fluch, sagte Viejos Tochter. Noll stand auf, wir hatten keine Waffen, nur jede Menge Kissen, sagte er.

Auch Viejos Tochter stand nun auf, sie brachte Noll zur Tür, sie nickte, wenn du schon leben willst wie ein Hund, dann nimm wenigstens die Kissen unter deinen Hintern, sagte Viejos Tochter.

Am nächsten Tag flog Noll zurück nach Hause. Er ging die Räume seiner Wohnung ab, er öffnete die Türen, er öffnete die Fenster, er öffnete die Post. Noll ging die Wege, die er auch gegangen war, als er die Wohnung verschlossen hatte. Er ging in die Garage zu dem Auto und Noll setzte sich einen Moment lang hinter das Steuer, dann füllte er den Kühlschrank auf, er kaufte eine Pflanze, er bezog das Bett, er wischte den Staub vom Bildschirm des Fernsehers.

Bald fand er Arbeit, Noll ging fünf Tage jeder Woche von morgens bis abends in ein Büro.

Ein Zimmer, ein Tisch, ein Stuhl, das Telefon, denkt Noll, und er versucht sich zu erinnern, jetzt, in der Küche sitzend, und es fallen ihm lediglich Uhrzeiten ein. 8 Uhr 30 das Haus verlassen, den Bus erreichen, dem Kollegen zunicken, am Schreibtisch ankommen, 9 Uhr das erste Telefonklingeln, dann das Abarbeiten der Papierstapel, kontinuierlich, nur manchmal Nolls Stimme am Telefon, um 12 Uhr die Mittagspause, um 18 Uhr dann Feierabend.

Es gab keine Eile, niemals verschlafen, niemals einen

Schlüssel vergessen, niemals Unmut verspürt, denkt Noll jetzt, fraglos war diese Zeit, die Tage hatten eine glatte Oberfläche, dennoch spiegelten sie nichts wider.

Nicht mein Telefon, das dachte Noll eines Morgens, er stand auf, er ging in das Badezimmer, nicht mein Telefon, das dachte Noll, während er auf den Bus wartete, als er dem Kollegen zunickte, als das Telefon klingelte. Noll nahm den Hörer nicht ab, er sah den Apparat lange an. Das ist deins, du solltest rangehen, sagte Nolls Kollege, nicht meins, dachte Noll, und er blieb noch bis zur Mittagspause an dem Schreibtisch sitzen, manchmal wischte er mit der Handfläche über die Tischplatte, hin und wieder sah der Kollege zu ihm hinüber, sie sprachen jedoch nicht, dann stand Noll leise auf, er nickte kurz und kündigte.

Als hätte ich es damals bereits gewusst, denkt Noll jetzt, und er wischt mit der Handfläche über die Platte des Küchentischs, er hat den Hund aufs Land gebracht, er hat das Marmeladeglas unangebrochen zurück in das Regal gestellt, er hat hinter und unter den Möbeln gesaugt, er hat die Zeitung abbestellt. Ob er nicht zufrieden sei, das hatte man ihn gefragt, doch, doch, hatte Noll geantwortet, das ist es nicht. Als hätte ich es damals bereits gewusst, denkt Noll jetzt, damals bereits gewusst, was Zeit ist.

Das Telefon klingelt, der Anrufbeantworter springt an. Noll hört seine Stimme den Text sprechen, ich sollte den Anrufbeantworter ausschalten, den Stecker des Telefons ziehen, dann, wenn es so weit ist, denkt Noll, und er sagt es im Stillen, dieses Wort Dann, und es meint viel mehr als nur diesen einen, selbst gewählten Augenblick, morgen, sechzehn Uhr, es bezieht auch all die anderen Momente ein, als Mara nach Hause zurückflog, zum letzten Mal ihre Augen oder Viejos Augen, zum letzten Mal, oder der Moment, als der Arzt die verbleibende Zeit nannte.

Eines Tages, das sagt man so oft und weiß von nichts. Ob er die Wohnungstür verschließen oder besser den Schlüssel auf dem Küchentisch liegen lassen, ob er lüften und das Bett frisch beziehen, ob er sich im Spiegel ansehen soll, bevor er pünktlich dann die Wohnung verlassen wird.

Noll erinnert sich an das Sprechzimmer, das Fenster hinter dem Arzt war einen Spalt weit geöffnet, es spielten Kinder vor dem Haus. Sie lärmen, als habe sich nichts verändert, dachte Noll damals, es gibt gute Psychologen, die Ihnen helfen können, wenn Sie wollen, sagte der Arzt, Noll jedoch konzentrierte sich auf die Geräusche von draußen, er sah den Arzt nicht an, starrte gegen das Licht vor dem Fenster und draußen hörte er die Rufe der Kinder. Noll hörte, wie ein Ball gegen die Wand des Hauses geschossen wurde, er hörte die Klingel eines Fahrrads, ein Auto, als habe sich nichts verändert, als habe der Arzt nichts zu sagen gehabt, man wird nicht fehlen, im Großen und Ganzen, dachte Noll, er denkt es auch jetzt, und Noll erinnert sich an den Menschen aus Pappe, der neben dem Arzt an der Wand hing, lebensgroß. Klappen Sie die Rippenbögen auf und drehen Sie sodann den Blinddarm gegen den Uhrzeigersinn, so können Sie die Milz entnehmen, hatte Noll damals auf dem Menschen aus Pappe gelesen, und Noll lachte, der Arzt hatte aufgehört zu sprechen.

Noll erinnert sich an den Moment, als die chemische Lösung das erste Mal durch seinen Körper zog, zuerst in die Richtung des Herzens, danach bis in den Kopf, bis in die Spitzen der Füße, der Hände hinein, und entflammt war plötzlich der gesamte Körper, rot zeichneten sich die Wege des Blutes unter der Haut ab.

Dann, wenn es so weit ist, denkt Noll jetzt, und er sitzt an dem Tisch in der Küche, dann, das umfasst vieles mehr als nur diesen einen, selbst gewählten Augenblick, morgen, sechzehn Uhr, den man gesetzt hat, wie man einen Punkt setzt, nach dem beendeten Satz. Es meint auch das erste eigene Auto, die Rufe im Treppenhaus, es meint sogar das Schimpfen des Hausmeisters oder die Haut eines anderen Menschen, alles das ist auch gemeint, denkt man dieses Dann.
Auf der Station fanden sich Augenpaare. In dem großen Fahrstuhl, auf den Gängen, in den Warteräumen vor den Behandlungszimmern, überall traf man das eigene Geheimnis an. Ich weiß, wie dir ist, dachte jeder vom anderen, beim Anblick der müden, geröteten oder gelblichen Augen, die müde, rötlich oder gelblich wie die eigenen Augen waren, man erkannte die Kahlheit der Köpfe, denn man kannte den Blick in den Spiegel, jeden Morgen, man gehörte einander an, auf stille Weise zugeordnet.
Sinnlos, diese Verbrüderung, laut Statistik schafft es vorübergehend nur jeder Vierte, dachte Noll damals, und dann begann er die Patienten zu zählen, in Vierergruppen aufzustellen, sich selbst zählte Noll nicht mit.

Noll sitzt an dem Tisch in der Küche und er sieht seine Dinge an. Welche Musik mit in das Auto nehmen, denkt Noll, man muss es sich vorstellen, Noll hat sich an diesem Morgen nicht noch einmal in dem Bett umgedreht, wie es Gewohnheit gewesen wäre, um noch ein paar Minuten zu schlafen, ein paar Minuten, denkt er.

Oft saß er auf einem der Stühle neben dem Tropf und wartete geduldig auf die chemische Lösung, so wie die Frau neben ihm wartete, mit der gleichen Geduld, mit der gleichen Übelkeit, mit dem gleichen Wissen um Zeit.
Man muss schon dran glauben, sagte die Frau einmal, nicht umsonst heißt das Zeug Lösung, sagte sie und lachte. Noll wusste nicht, ob sie mit ihm sprach, da stieß sie ihn mit dem Ellbogen an, Sie sollten bald aufhören, immer nur bis vier zu zählen, das macht nervös. Woher wissen Sie, hatte Noll gefragt, und die Frau sah ihn an, ich bin schon eine Runde weiter, antwortete sie, und es ist bei uns allen das Gleiche, ich habe auch bis vier gezählt, ich habe die gleichen Informationsgruppen besucht, die gleichen Unterlagen unterschrieben, die gleichen Sätze von den Ärzten gehört. Und haben Sie einen Namen, fragte Noll. Laura, antwortete die Frau.

Laura, sagt Noll jetzt, und er nimmt das Notizbuch, Noll findet ihre Nummer darin.

Lauras Zimmer ging von demselben Gang ab, von dem auch Nolls Zimmer abging, jedoch zur anderen Seite des Hauses hin, alles spiegelverkehrt, hier bei Ihnen, hatte Noll gesagt, als er Laura das erste Mal besuchen kam. Wir sagen alle du zueinander, flüsterte Laura, sie stand nun nah bei ihm. Wir, wiederholte Noll.

Er wählt Lauras Nummer, es klingelt.

Ja, sagte Laura damals, und sie setzte sich auf den Rand des Bettes, dieses verfluchte Wir. Wir beim Essen, wir bei der Visite, wir erhöhte Temperatur, wir Röntgenaufnahmen, wir Blutkörper, sagte Laura, und sie ließ sich in die Kissen fallen, du wirst übrigens bald sehr viel besser schlafen können, das ist das Kortison, das einem die Nächte raubt, das lässt nach, wenn sie die Dosis verringern, fügte Laura hinzu, und irgendwann pinkelst du dann deinen angeschwollenen Körperumfang wieder aus, sagte Laura, ich schlafe sehr gut, antwortete Noll, und er ging zu ihr, setzte sich auf das Bett, ich schlafe wie ein Kind, sagte Noll.

Laura antwortet nicht. Noll lässt das Telefon lange klingeln.

Oft gingen sie nebeneinander, niemals Hand in Hand, wenn wir raus sind, dann zeige ich dir meinen Hund, du wirst ihn mögen, sagte Laura einmal, und dann sprachen sie darüber, wie unvorstellbar es sei, das Leben wieder aufzunehmen, und wie gefangen und gleichermaßen aufgehoben sie in den Abläufen des Krankenhauses waren.
Nie werde ich das Geräusch der Schuhsohlen auf den Plastikböden vergessen oder das Piepen des Gerätes, sobald der Tropf leer ist, und überall diese Zettel und Karteikarten mit meinem Namen darauf, sagte Laura.

Noll wählt erneut ihre Nummer. Eine Männerstimme antwortet, die wohnt schon lang nicht mehr hier.

Als Laura entlassen wurde, war Nolls Schädel kahl. Du musst das fotografieren lassen, sagte Laura zum Abschied. Eines Tages nämlich, ich verspreche es dir, wirst du nicht mehr glauben können, dass du einmal so ausgesehen hast.
Eines Tages, denkt Noll, das sagt man so oft und weiß von nichts.

Der Anrufbeantworter blinkt, und es ist die Schwester, die nach Noll fragt, du meldest dich nie, wollte wissen, was du treibst, wie es dir geht, was du so vorhast.
Dieser Neid zwischen uns, denkt Noll, dieser Neid und später erst das Wohlwollen. Noll erinnert sich an die Blicke der Schwester, als ihm das Haar ausgefallen war, als er aufgedunsen und erschöpft keinen Willen mehr zeigte. Noll erinnert sich an die Wut der Schwester, nun reiß dich doch zusammen, verdammt, oder ich komm nicht mehr wieder, hatte Nolls Schwester ihm zugerufen.
Noll hat die Schwester vor Augen, ihr glattes, langes Kinderhaar, wie sie rannte, auf der Flucht vor der Großmutter, nicht kämmen, rief Nolls Schwester immer wieder und sie hielt sich im Laufen den Kopf mit beiden Händen, bitte nicht immer kämmen, rief sie, und dann versteckte sich Nolls Schwester, manchmal bis in den Mittag hinein. Ich krieg dich doch, mein Liebchen, lachte die Großmutter, ich muss nur warten, bis dein Hunger so groß ist, dass ich ihn hören kann, kein Versteck ist gut genug im Kampf

gegen meine Ohren, rief die Großmutter. Warum hört die denn so gut, fragte Nolls Schwester einmal, sie saßen an dem See und sie warteten darauf, dass der Großvater einen Fisch aus dem Wasser zog, sie mussten flüstern, denn sonst hätte der Großvater sie niemals mehr zum Angeln mitgenommen. Großmutter sieht schlecht, und wenn eine schlecht sieht, dann hört sie wie ein Wachhund, flüsterte Noll, und da stand der Großvater vor ihnen, wer von euch erschlägt den Fisch, fragte er, und er gab Noll den Holzprügel in die Hand, ich will aber auch mal, hatte Nolls Schwester damals gesagt, lasst mich doch auch mal einen Fisch totschlagen.

Nein, sagt Noll jetzt, er sagt es, in der Küche sitzend, nein, du bist noch zu klein, sagt er, Noll steht auf, er geht durch die Wohnung, Noll geht durch jedes der Zimmer, dann bleibt er vor dem Anrufbeantworter stehen, er spult die Ansage der Schwester zurück, wie es dir geht, was du so vorhast, hört Noll die Schwester fragen, ins Genick, hatte der Großvater damals gesagt, immer hierhin zielen, am besten mit einem Schlag, hatte der Großvater gesagt, und dann hatte er Noll den Holzprügel aus der Hand genommen, um ihn der Schwester zu geben. Wie es dir geht, was du so vorhast, sagt die Schwester auf dem Band des Anrufbeantworters, damals hatte sie den Holzprügel genommen, sie hatte zu dem Großvater aufgesehen, fang mich, fang mich doch, hatte sie gerufen, und sie war mit dem Holzprügel in der Hand davongelaufen, so schnell sie nur konnte.

Noll geht zurück in die Küche, ich sollte den Kühlschrank ausräumen, ich sollte ihn abschalten, die übrig gebliebenen Lebensmittel sollte ich der Nachbarin bringen.
Wo anfangen, denkt Noll, was du treibst, wie es dir geht, was du so vorhast, denkt er.
Noll setzt sich an den Tisch in der Küche, Großvaters Finger, immer wieder diese Geschichte, für die Familie erzählt, rot und gelb, die Familienfeste, Hasen und Engel, Eier und Sterne, denkt Noll, und Großvater, der stets unter der polnischen Kunst aus Bronze, unter dem Heiligen Abendmahl saß, eine flache Scheibe, die bei jedem Luftzug gegen die getäfelte Wand stieß und einen Ton verursachte, den es so nur bei den Großeltern zu hören gab.
Man muss es sich vorstellen, da sitzt einer, irgendwo in dieser Stadt, und was ein entferntes Datum gewesen ist, wurde bereits zu einem Wochentag, wird eine Uhrzeit sein.
Großvaters Finger, sagt Noll leise, und er wählt die Nummer der Schwester, es antwortet ihre Stimme vom Band, gern rufe ich zurück, sprechen Sie bitte

nach dem Biep, hört er die Schwester sagen, gerade ist mir eingefallen, sagt Noll, und er spricht den Satz nicht weiter.

Die Schwester hatte es den Großvater oft gefragt, wo war denn das, wo genau stand das stillgelegte Sägewerk, wo genau hast du den Finger wie tief vergraben, wollte die Schwester wissen, und der Großvater nannte sie Quälgeist und er war froh, aufs Neue erzählen zu dürfen, in eine Zigarrenschachtel habe ich den Finger gelegt, die Zigarre, die eigentlich in die Schachtel gehört, besitze ich immer noch, sie liegt auf meinem Nachttisch und sie hat mich ein Leben lang daran erinnert, dass es für alles eine Lösung gibt, sagte der Großvater, dass es einzig auf die Entschiedenheit ankommt, beendete Nolls Schwester den Satz.
Eine Goldkönig war es, denkt Noll jetzt, eine riesige Zigarre mit weinroter, goldbedruckter Papierschärpe, wie oft habe ich dieses Ding bestaunen müssen, wir alle mussten das, denkt Noll.
Ich legte also den amputierten Finger in die Zigarrenschachtel, sagte der Großvater, es war eine besonders schöne Schachtel, schmal, genau eine Zigarre fand Platz darin, aus Holz gearbeitet, mit einem Glasdeckel, den man auf- und zuschieben konnte, er lief nicht besonders gut in den Schienen der Holz-

schachtel, das Glas müsste noch zu finden sein und natürlich der Knochen, ein paar Schritte nur von dem stillgelegten Sägewerk entfernt, ich habe mir nicht gemerkt, in welche Richtung ich gegangen bin, schließlich hatte ich Schmerzen, fügte der Großvater hinzu, und dann sah er auf den Stummel an seiner Hand, wie die kupierte Rute eines Boxers, sagte er. Wie kann man das nur, womit kann man das, hatte Nolls Schwester gefragt, mit einer Axt, antwortete der Großvater, die hatten wir extra gekauft, eure Großmutter desinfizierte die Klinge in kochendem Wasser, sie dachte, das würde helfen. Eure Großmutter brachte es nicht übers Herz, mit mir zu kommen, sie wartete ein wenig entfernt auf mich, sie hatte Verbände dabei und eine Flasche Schnaps, und sie half mir dann, den Finger zu vergraben, den Schnaps goss sie mir über die Wunde, einen kräftigen Schluck gab sie mir davon zu trinken, sie hielt mir die Flasche an den Mund, nimm, sagte eure Großmutter, nimm, und ich spürte den Schnaps aus den Mundwinkeln rinnen, so viel hatte sie mir davon in den Mund gegossen. Sie selbst nahm auch einen Schluck und noch einen und noch, sagte der Großvater, wir waren sehr betrunken an diesem Tag, furchtbar betrunken, eure Großmutter und ich.

Es macht Großvater sehr zu schaffen, es macht ihn unglücklich, dass sein Finger in Polen geblieben ist, hatte Nolls Schwester einmal gesagt. Großvater ist alt geworden, ganz verwirrt ist er manchmal, und er spricht immer wieder davon, dass er unmöglich getrennt von seinem Finger begraben werden kann, und sein Finger bei den Polen, das sei ein unhaltbarer Zustand.
Noll will nicht aufhören sich zu erinnern, es ist einfacher, den Finger zum Großvater zu bringen als den Großvater zum Finger, sagt Noll jetzt, wie er es auch damals gesagt hatte, und die Schwester nickte ernst, wir holen den Finger, wir schmuggeln ihn aus Polen heraus, sagte sie, wir werden Helden sein, wir werden zum Dank erben, lachte die Schwester, die ganze Familie wird vom Tisch aufstehen, den Finger im Blick, und sie werden uns zujubeln, lachte die Schwester, und dann zeigte sie Noll das polnische Dorf in dem Atlas, den sie mitgebracht hatte.

Jemand wird die Wohnung auflösen müssen, denkt Noll, und so verteilt er Zettel. Noll ordnet all seinen

Dingen Namen zu, ein Testament aus selbstklebenden Zetteln, was Noll auch ansieht, überall liest er nun die Namen ihm vertrauter Menschen.
Noll weiß nicht, ob er den Telefonanschluss kündigen soll, nach offiziellem Ableben müsste das doch automatisch geschehen, denkt er, und Noll sortiert die Socken nach Farbe in die Schublade, er sortiert die zerschlissenen Socken aus, Noll sieht seine Hemden durch, seine Pullover, seine Bücher.
In manchen Büchern findet er unterstrichene Sätze, nichts weißt du, nicht einmal dazu weißt du nichts, liest er in einem der Bücher, welche Musik mit in das Auto nehmen, denkt er, man muss es sich vorstellen, er brachte den Hund aufs Land, er bestellte die Zeitung ab, das ist noch nicht lange her.
Ob er sich einen Schal umbinden soll, für den kurzen Weg bis hin zu der Garage, ob er die Wohnung lüften soll, bevor er dann pünktlich in das Treppenhaus tritt, morgen, sechzehn Uhr, ob er die Tür abschließen soll.

Sie waren nicht in das polnische Dorf gefahren, um den Finger des Großvaters zu suchen. Sie hatten eine Glasscheibe in Zigarrenschachtelform zuschneiden lassen, die sie zusammen mit einigen Schweinsknochen im Garten der Schwester dann vergruben und lange in der Erde liegen ließen.

Noll denkt an die Blicke der anderen. Trug er ein Hemd, so konnte man einen Teil der schwarzen Zeichnungen auf seiner Haut erkennen, Fadenkreuze, Planquadrate, vor allem am Hals. Was ist das, fragte die Tochter der Schwester einmal, bitte nicht fragen, sagte Nolls Schwester leise zu dem Kind, damit man besser trifft, antwortete Noll, damit man wen besser trifft, fragte das Kind, bitte nicht fragen, wiederholte Nolls Schwester.

Spätabends war Nolls Schwester noch einmal zu ihm gekommen, zeig sie mir, diese Zeichen, hatte sie gebeten, dann hatte sie Noll lange angesehen, es ist seltsam, plötzlich hat diese Krankheit, die über allem schwebt, einen realen Ort zugeordnet bekommen, ein paar schwarze Striche nur auf der Haut, und plötzlich ist es vorstellbar, sagte Nolls Schwester, plötzlich scheint diese Krankheit besiegbar, wiederholt Noll jetzt die Worte der Schwester, besiegbar, weil man auf etwas zielen kann.

Wir könnten heute die Glasscheibe ausgraben und die Schweinsknochen, ich glaube, die waren lange genug dort unten in deinem Blumenbeet, sagte Noll eines Tages, und sie gingen in den Garten der Schwester, sie fanden die Glasscheibe und zertrümmerten sie, Reste der Erde ließen sie daran zurück, sie brachen ein paar Stücke aus den Schweinsknochen heraus und wickelten alles in ein altes Küchentuch.
Er wird den gesamten Finger zurückhaben wollen, sagte Noll, als sie auf dem Weg zum Großvater waren, ja, sagte Nolls Schwester, er wird dann aber sehr schnell begreifen, wie viel Zeit vergangen ist und dass die Zeit alles zersetzt, und Großvater wird es dabei belassen, er wird die Scherben nehmen und die Knochenstücke und dann wird er beruhigt sein.
Noll sitzt an dem Tisch in der Küche und er erinnert sich an das Gesicht des Großvaters, Noll erinnert sich daran, wie der Großvater stumm und mit langsamen Bewegungen die Glasscherben und die Knochenstücke aus dem Küchentuch wickelte, der Großvater legte alles auf den Esstisch, er sah Noll an, dann

Nolls Schwester, dann ging er die Zigarre holen, die wird jetzt geraucht, sagte der Großvater, und so saßen sie und sie ließen die Zigarre des Großvaters die Runde machen.

Wie weiß Knochen doch sind, nicht wahr, sagte der Großvater, etwas Weißeres als Knochen kann es nicht geben, das könnt ihr mir glauben, und dieses Weiß kann einen verfolgen, ein Leben lang, sagte der Großvater, und wieder stellte Noll keine Fragen, denn man ließ einige Details aus, über die niemand sprechen wollte.

Später, als der Großvater auf die Hilfe anderer angewiesen war, sprach er nicht mehr. Er ließ mit sich geschehen, was der Tagesablauf vorschrieb, er drehte sich auf Kommando in dem Bett zur Seite, er hob auf Kommando die Arme, er schlief, sobald man ihn zu Bett brachte, er war erst wach, weckte man ihn. Stumm saß der Großvater an Tischen, auf dem Sofa, in dem Sessel oder auf einem Stuhl in der Sonne.

Manchmal räusperte sich der Großvater sehr laut und so erinnerte er daran, wie wortführend seine Stimme einmal gewesen war.

Großvater ist weg, sagte Noll eines Tages, ja, sagte Nolls Schwester, verschollen ist er, als habe es ihn niemals gegeben, wie er einmal gewesen ist. Es ist noch nicht lange her, da duschte er morgens kalt und man hörte ihn rufen, gegen das kalte Wasser hörte man ihn anschreien, im ganzen Haus, und dann fuhr er in diesem schönen Auto vom Hof, er fuhr in die Stadt, zu einer Besprechung, zur Bank, zu einer Frau, er war eitel, und das ist noch nicht lange her, sagte Nolls Schwester, und sie ließen einige Details aus, über die niemand sprechen wollte.

Seit der Großvater verheiratet war, hatte er auch eine Geliebte. Damals, als die Großmutter noch am Leben war und nächtelang in dem Haus auf die Schritte des Großvaters, auf Geräusche aus dem Badezimmer, auf die Stimmen aus dem Radio des Großvaters wartete, damals nannte man die andere Frau Geliebte. Damals sprach man ausschließlich im Flüsterton über diese Sache, diese Sache, sagt Noll jetzt, er sitzt an dem Tisch in der Küche, Noll sieht seine Dinge an, man muss es sich vorstellen, wie das ist, wenn einer geht, zuvor jedoch unwichtige Handgriffe tut, die plötzlich etwas Abschließendes bedeuten.

Noll will nicht aufhören sich zu erinnern, er sieht den Großvater vor sich, duftend, in gebügeltem Hemd, stets braun gebrannt, und Noll erinnert sich an die Kinderbilder, die er gebeten wurde zu malen, dein Großvater wird sich darüber freuen, hatte die Mutter gesagt, und es lag die Hoffnung in ihrem Blick, dass dem wirklich so sein könnte, und Noll erinnert sich an die ersten Buchstaben, die er je geschrieben hatte, für meinen Opi Fritz stand da, abgemalt von den überdeutlichen Buchstaben, die Nolls Mutter auf einem Blatt Papier vorgeschrieben hatte.

Später, als die Großmutter krank wurde, als sie kurz vor ihrem Tod in ein Heim gebracht wurde und die Geliebte hin und wieder in dem Haus des Großvaters blieb, nannte man sie Schlampe. Als die Großmutter gestorben war und der Großvater die Geliebte in das Haus einziehen ließ, da nannte man sie gerissen und gierig.

Der Großvater zahlte ihr ein gutes Gehalt, er zahlte ihr ein Leben, er machte einen Vertrag mit ihr, der ihn eines Tages vor dem Heim bewahren würde. Am Tag X, sagte Nolls Mutter einmal, am Tag X, wenn euer Großvater nicht mehr ist, werden wir sie davonjagen, diese in Gold aufgewogene Zugehfrau, diese Hure mit ihrem Zopf bis zum Hintern, der hin und her wackelt, mit jedem billigen Schwung ihrer Hüften.

Der Großvater hatte keinen Kosenamen für die Geliebte, es war ihm einerlei, dass die Geliebte niemals Wünsche hatte, sondern ausschließlich Forderungen stellte, es war dem Großvater einerlei, dass die Geliebte stets damit drohte, ihn zu verlassen, bekäme sie nicht das Cabriolet, den Wintergarten, den Seidenschal, es war dem Großvater einerlei, denn sie bekam, was sie forderte, und blieb dafür.

Glaubst du, deine Familie würde sich um dich kümmern, fragte die Geliebte den Großvater, wer ist denn bei dir, wenn du nachts keine Luft mehr bekommst, wenn du stolperst, wenn du es nicht schaffst, aus eigener Kraft aus dem Sessel zu kommen, wer ist bei dir, wenn du Hunger hast oder Durst, fragte die Geliebte den Großvater, der nur mehr nickte, in den ersten Jahren zustimmend, später dann war dieses Nicken ein greiser Defekt der Nerven. Du hast keine Kraft mehr, um etwas zu tragen, um ohne mich zu leben, du hast all deine Erinnerungen verloren, vergiss das nicht, sagte die Geliebte, und der Großvater nickte dazu.
Alles müde, sagte der Großvater einmal, alles müde, nicht nur ich allein, sagte er, und er rieb sich die Augen, wie es Kinder tun, und dann erzählte der Großvater von dem zuletzt geträumten Traum, als sei es der vorherige Tag gewesen.
Ich sehe eure Großmutter immer noch, nach all den Jahren, sagte Nolls Mutter einmal, ich sehe, wie sie allein in diesem Haus blieb, wie sie wartete, wie sie trank, jeden Abend, bis tief in die Nacht hinein, bis sie schwankte, bis sie Mühe hatte, sich in den Zimmern zurechtzufinden. Die Treppe in die unteren Zimmer des Hauses wurde zu einem unüberwindbaren Hindernis, eure Großmutter hatte sich am Tag bereits alles, was sie brauchte, mit nach oben genom-

men, genug zu trinken, genug Zigaretten, nicht die Treppe hinabstürzen, sagte mir eure Großmutter damals am Telefon, sie war entsetzlich betrunken, sie hatte Hunger, sie konnte jedoch nicht mehr hinunter in die Küche gehen. Ich fuhr zu ihr, ich machte ihr zu essen, mitten in der Nacht, sie aber war bereits wieder eingeschlafen, als ich endlich mit dem Tablett bei ihr saß, und alle im Dorf wussten, wo sich euer Großvater vergnügte, zeitgleich, mit wem er zusammenlag, bis Sonnenaufgang, bis er nach Hause musste, um sich fertig zu machen für die Arbeit. Eure Großmutter schlief bis in den Tag hinein, auch im tiefen Schlaf noch alles hassend, sprach sie vor sich hin, wäre ich es doch gewesen, hätte ich ihm doch den Finger abgehackt, ein Schlag nur, ein Schlag, sagte sie im Traum oder im Suff, und euer Großvater nannte ihr Leben eine Schande. Andere Frauen lackieren sich die Zehennägel, gehen zum Friseur, sagte er, und eure Großmutter wusste, welche Zehennägel er meinte, welche Frisur, dass du bis in den Tag hinein schlafen kannst, nichts tust, pass auf, dass niemand die vielen leeren Flaschen sieht, sagte euer Großvater, bevor er das Haus verließ.

Ich saß also in dieser Nacht bei eurer Großmutter und ich hatte das Tablett mit dem Essen auf meinem Schoß, ich aß ein wenig davon, was tust du denn hier, fragte eure Großmutter plötzlich, es ist mitten in der

Nacht, was musst du denn jetzt etwas essen, das landet doch alles auf den Hüften, sagte sie, und sie drehte sich zur anderen Seite hin, Hunger ist unfein, ein Schlag nur, ein Schlag, sagte sie noch, und dann schlief sie wieder ein.
Es ist nichts mehr von eurer Großmutter zu finden, in keinem der Zimmer, sagte Nolls Mutter. Die Fotografien von ihr liegen in Schachteln, aussortiert und auf Schubladen verteilt. Diese Hergelaufene besetzt alles, was einst war, sie lässt euren Großvater die Familiengeschichten vergessen und ersetzt sie durch Erinnerungen an Hotelnächte, an heimliche Treffen, und außerdem ist sie zwei Jahre jünger als ich, sagte Nolls Mutter, sie schüttelte den Kopf, jünger als ich.

Man muss es sich vorstellen, wie das ist, wenn einer in der Küche an dem Tisch sitzt und sich erinnert, und er will nicht aufhören zu lächeln bei den Bildern, die im Erinnern da sind oder kommen, und man verteilt Bedeutung, weil man pünktlich die Wohnung verlassen wird, weil man den letzten Augenblick gesetzt hat, wie man einen Punkt setzt, nach dem beendeten Satz.

Die Geliebte des Großvaters richtete Essen aus. Sie schrieb Namen auf Kärtchen, sie verteilte Position und Zuordnung, sie setzte fest, wer in wessen Augen sah, wer mit wem Schulter an Schulter saß. Für diesen kurzen Moment eines Essens koordinierte die Geliebte des Großvaters die gegnerische Truppe, am Kopfende des Tisches nahm sie selbst Platz, am anderen Ende saß der Großvater. Noll und Nolls Schwester wurden stets nebeneinander gesetzt, kein heimlicher Blick war ihnen so mehr möglich, die Servietten standen als Fächer, wollt ihr Musik, fragte die Geliebte des Großvaters, wollt ihr einen Extrateller für den Salat, es ist noch reichlich von allem da, sagte die Geliebte des Großvaters, und um nicht sprechen zu müssen, aßen Noll und Nolls Schwester reichlich, bis zur Übelkeit, bis sie an die frische Luft hinaus mussten.

Das halte ich nicht noch einen Tag länger aus, morgen Mittag gibt es wieder Essen und heute Abend gibt es Essen und morgen Abend auch und ein Frühstück noch dazu, sagte Nolls Schwester.

Sie gingen ein Stück um das Haus herum, sie gingen in den Holzschuppen, dort lag und stand, was sich niemals verändert hatte, die verrostete Gerätschaft, eine Schubkarre, eine alte Harke, Angeln, steif gewordene Arbeitshandschuhe, gebrochene und übrig gebliebene Fliesen. Von fern hörten sie die Autos auf der Autobahn, hin und wieder fuhr eines auf der Landstraße an dem Schuppen vorüber.

Nolls Schwester nahm einen Hammer vom Boden auf, wir versenken die tiefgekühlte Gans im See, ich habe sie im Wäschekeller liegen sehen, in einem Topf, sie taut dort auf, für morgen, ich sehe keine andere Möglichkeit mehr, wir übergeben das Vieh dem See, sagte Nolls Schwester, sie hatte den Hammer zu Boden geworfen und war bereits auf dem Weg in das Haus zurück.

Noll folgte der Schwester hinunter in den Wäschekeller, die Gans war blass, sie lag in ihrem rosafarbenen Tauwasser, Noll ging nah an sie heran, sie roch bereits nach rohem Fleisch, sie war noch nicht vollständig aufgetaut, die oberste Hautschicht jedoch gab dem Fingerdruck ein wenig nach.

Da wird die dämliche Kuh Augen machen, wenn sie morgen früh hier herunterkommt, mit ihren Pflaumen und Äpfeln und dem Weißbrot, und sie keine Gans mehr findet, der sie dies alles in den Hintern stopfen kann. Das wird ein Fest, sagte Nolls Schwester, die Gans hielt sie bereits in den Armen, kalt und schwer und hart, kaum zu glauben, dass so etwas schmecken kann, sagte Nolls Schwester, ob die schwimmt, fügte sie hinzu.

Noll geht zu dem Anrufbeantworter, was du treibst, wie es dir geht, was du so vorhast, hört er die Schwester sagen.
Als wir die Gans ins Wasser warfen, sagt Noll leise, als wir am Ufer des Sees standen und zusahen, wie die Gans langsam verschwand, erst trieb sie noch an der Oberfläche, dann ging sie langsam unter, du musstest lachen, du sagtest, von der hätte eine ganze Familie satt werden können, und du musstest noch mehr lachen, nun werden wir hungrig bleiben, hast du gesagt, und du hast kaum mehr Luft bekommen vor Freude.
Was du treibst, wie es dir geht, was du so vorhast, hört Noll die Schwester auf dem Band sagen, und Noll geht zurück an den Tisch in der Küche.

Man kann nicht erzählen von dem selbst gewählten Augenblick. Sie wären sprachlos und deshalb würden sie unablässig sprechen, sie würden von der Zukunft erzählen und von der Vergangenheit, als könnte man so die Gegenwart überspringen oder gar verhindern, schreibt Noll auf eine der leer gebliebenen Seiten des Notizbuches mit all den Namen und Telefonnummern darin.

Das Paket, das Noll eines Morgens vor der Wohnungstür fand, war leicht anzuheben, eines von Viejos Kissen war darin, ein Brief von Viejos Tochter lag obenauf.
Noll erinnerte sich an das Licht in der Küche, an den Tisch, an den Mund von Viejos Tochter, während sie sprach, während sie still blieb, Noll erinnerte sich an den Kragen ihres Kleides, an die Kette, die sie um den Hals trug.
Wenn du schon leben willst wie ein Hund, dann nimm wenigstens die Kissen unter deinen Hintern, sagt Noll leise. Er steht immer noch in dem Gang seiner Wohnung und sieht auf den Anrufbeantworter und er erinnert sich an den Tag, als er das Paket von Viejos Tochter bekam, Noll erinnert sich an den Brief, der so begann, wie andere Briefe enden, ich hoffe also, es geht Ihnen gut, stand da als erster Satz. Ich möchte, dass Sie eines von Viejos Kissen bekommen, stand da weiter, das Bauunternehmen hat mir geschrieben, sie dächten über eine Wiedergutmachung nach, sie nennen es tragisch und sie wollen die Bauruine sichern lassen, jetzt, nach all den Jahren,

eine Kränkung, sie kennen nicht einmal seinen Namen. Es ist viel Zeit vergangen, ich brauche nun keine Blumen mehr dorthin zu bringen, der Kleine wird wissen, dass er nicht vergessen ist. Ja, es ist viel Zeit vergangen, auch gute.

Noll steht vor dem Anrufbeantworter, was du treibst, wie es dir geht, was du so vorhast, hört Noll die Schwester noch ein letztes Mal auf dem Band die Fragen stellen, dann löscht er die Aufnahme.
Sie wird in die Wohnung kommen, denkt Noll, sie wird das Zetteltestament finden, auf so vielen Zetteln steht ihr Name, geschrieben in meiner Handschrift, sie wird die ihr zugeordneten Dinge in die Hand nehmen, vielleicht würde sie den Anrufbeantworter bemerken, das Blinken bemerken, und sie würde ihre eigene Stimme hören, in den verlassenen Räumen dieser Wohnung, wollte wissen, was du treibst, wie es dir geht, was du so vorhast, würde sie sich selbst die Fragen von dem Band stellen hören. So soll das nicht sein, denkt Noll, und er zieht den Stecker des Anrufbeantworters aus der Wand.

Noll geht zurück in die Küche. Er öffnet den Kühlschrank, ein Stück Butter, ein Stück Käse, ein Glas mit Gurken, einen Joghurt findet er dort. Seit Tagen hat Noll nicht eingekauft, er will nichts angebrochen zurücklassen, dann, wenn es so weit ist. Eines Tages, das sagt man so oft und weiß von nichts, dann, das ist morgen, sechzehn Uhr, denkt Noll, und er hat das Marmeladeglas nicht geöffnet, nun legt er es zu den anderen Dingen in die Tüte, auch das Mehl, das Salz, eine Flasche Orangensaft, einen Apfel. Noll nimmt die Pflanze vom Fensterbrett. Wie das wohl ist, wenn einer das Verlassen der Wohnung plant, Schritt für Schritt, bis in das kleinste Detail, sich immer wieder in Gedanken die Wohnung verlassen sieht, sich in Gedanken aus den Räumen herausnimmt. Noll ordnet die Dinge für fremde Augen, man muss es sich vorstellen, wie das wohl ist, wenn einer auf diese Weise geht.

Ob sie den Mut haben werden, sich zu bedienen, die Schubladen zu öffnen, die Schränke zu durchsuchen, Dinge herauszunehmen, Dinge mitzunehmen. Ob sie den Mut haben werden, die Bettwäsche weiter zu benutzen oder das Radio aus der Küche in eine andere Küche zu bringen, ob Mut das richtige Wort ist, denkt Noll.

Er steht vor der Tür der Nachbarin, er klingelt, und Noll kennt den Klingelton, er kennt die Schritte der Nachbarin, die sich langsam zur Tür hin bewegen, ja bitte, ich komme schon, hört er die Nachbarin rufen. Ich, von gegenüber, sagt Noll, und er kennt das Geräusch der Kette, die von der Nachbarin nun ungeschickt aus der Verankerung genommen wird.
Ach, Sie sind es, sagt die Nachbarin, wie sie es stets sagt, na, dann kommen Sie mal, sagt sie, und Noll tritt einen Schritt in die Wohnung hinein, es ist ihm unangenehm, diesen fremden Geruch durch sein Eintreten zu verändern, diesen Geruch, der sich ausschließlich aus der Welt der Nachbarin zusammensetzt, aus ihrem Körper, dem Tee, den sie trank, dem Essen, das sie gekocht hatte, dem Parfum, das sie benutzte. Es zieht, sagt die Nachbarin, und sie schließt die Wohnungstür.
Ich habe meinen Kühlschrank ausgeräumt, sagt Noll, ich muss mal wieder weg, ich dachte, Sie würden das vielleicht haben wollen, sagt Noll, er gibt der Nachbarin die Tüte, und ob Sie so freundlich wären, die Pflanze, fügt Noll hinzu, stellen Sie den Topf auf das Fensterbrett im Wohnzimmer, antwortet die Nach-

barin, und sie sieht Noll einen Moment lang an, ich hole uns etwas zu trinken, sagt sie dann, und geht in die Küche.

Noll steht in dem Wohnzimmer der Nachbarin und er sieht ein Hochzeitsbild aus anderer Zeit und Noll hört die Nachbarin auf das Zimmer zukommen, Sie verreisen für lange, hört er die Nachbarin im Gehen sagen, war das Ihr Mann, fragt Noll, mit Blick auf die Fotografie, ja, sagt die Nachbarin, das war er, und die da, die war ich.

Sie setzen sich und Noll trinkt den Tee, es war nicht einfach, ein Hochzeitskleid zu finden, damals war ich im sechsten Monat schwanger, heutzutage gibt es Läden, die sind spezialisiert auf Hochzeitsmode für werdende Mütter, früher war das nicht so, ich ging zu einem Schneider, ich ließ das Kleid weiter machen, ich galt als besonders übergewichtige Braut, sagt die Nachbarin, und sie sieht nun die Fotografie an, das war er, und die da, die war ich, sagt sie.

Neulich war die Feuerwehr hier, sagt die Nachbarin nach einem Moment, ich glaube, Sie waren an diesem Tag wieder einmal im Krankenhaus, ich hatte mich in der Weihrauchdosis vergriffen, das qualmt enorm, das Zeug, alle im Haus fürchteten sich, ich bin nur einmal kurz durch das Treppenhaus gegangen, ein abscheulicher Qualm war das, mir war ganz weich im Kopf vor lauter Weihrauch, und dann der

Schreck, als der Feuerwehrmann vor mir stand, er trug dieses Insektengesicht, das ich als Kind so oft gesehen habe, raus hier, hat er gerufen, raus hier, und ich habe ihm gesagt, er solle sich beruhigen, es sei kein Feuer, das sei nur ich, aber er wollte wegen eines Schwelbrandes unbedingt und sofort das Haus evakuieren. Ich habe ihm den Weihrauchschwenker in die Hand gedrückt, und damit ist er dann nach draußen gelaufen, ich lief ihm nach, bis wir vor dem Haus standen, die Straße war abgesperrt, der Feuerwehrmann stand da, mit dem Weihrauchschwenker in der Hand, und die gesamte Nachbarschaft applaudierte ihm lachend, sagt die Nachbarin.

Ich kam mir ziemlich von gestern vor, als ich dort auf dem Revier erklärte, das Haus gesegnet zu haben, ich saß auf dieser Polizeiwache in einem schmalen Zimmer, und eine tippte auf der Schreibmaschine alles mit, was ich sagte.

Das Haus haben Sie also gesegnet, hat mich diese Person gefragt, in einem Ton fragte sie es, der klang, als müsse sie ein Lachen unterdrücken, als müsse sie sich zur Höflichkeit zwingen. Erklären Sie den Weihrauch mal einer, die vom Segnen nichts wissen will.

Ich sprach schneller, als sie tippen konnte, es bereitete mir Vergnügen, sie über die Buchstaben zu hetzen, manchmal brach sie ab, dann brach auch ich ab und wartete auf sie, sie tippte sich also bis hin zu der Stelle, an der ich auf sie wartete, und dann ging es gemeinsam weiter, bis sie wieder abbrach, ich glaube, sie hatte Rechtschreibschwächen. Bei dem Wort verkalkuliert zum Beispiel verstummte die Tastatur, ich sagte ihr, sie könne statt verkalkuliert auch verschätzt schreiben oder übertrieben, das wäre mir egal, aber sie schüttelte den Kopf, nein, sagte sie, so geht das nicht, in meinem Beruf muss man schon genau bleiben, gesagt ist gesagt und hat eins zu eins im Protokoll zu erscheinen.

Sie waren an diesem Tag wieder einmal im Krankenhaus, sagt die Nachbarin zu Noll, es ist schlimm, nicht wahr, deshalb nehme ich Ihre Pflanze, weil es wirklich schlimm ist.

Die Nachbarin greift unter den Sessel, sie holt eine Mineralwasserflasche hervor, ich habe mir ein wenig Weihwasser aus der Kirche mitgenommen, sagt die Nachbarin, das ist ein ganzer Liter, sagt Noll, damit kommt man sicher lange aus, sagt er, die Nachbarin öffnet die Flasche, sie befeuchtet ihre Hand, darf ich, sagt sie, und Noll spürt die Wassertropfen in seinem Gesicht und dann hört Noll die gemurmelten Verse, ich muss jetzt, sagt er im Aufstehen.

Weil es wirklich schlimm ist, nehme ich die Pflanze, sagt die Nachbarin, während sie die Kette in die Verankerung zurückschiebt.

Noll bleibt noch einen Moment vor der Tür der Nachbarin stehen, er hört sie den Gang entlanggehen, dann ist es still.
Im Treppenhaus zu rufen, das macht Spaß, hatte die Tochter der Schwester einmal gesagt, da hört man sich an, wie wenn man viele ist und weit weg, hatte die Kleine gesagt, und dann war sie vor Noll fortgelaufen, bis sie ganz unten im Hausflur stand, wann hast du wieder Haare, rief sie laut, und es hallte durch das ganze Haus.

Noll setzt sich auf die Treppe vor seiner Wohnungstür, ein Unfall muss es sein oder ein natürlicher Tod, hatte Laura ihm damals gesagt, wenn nicht, zahlt die Versicherung keinen Cent. Meine Familie rechnet bereits mit dem Geld, sonst nehmen sie den Hund nicht, fügte Laura hinzu.
Dann wirst du mir wohl vor das Auto laufen müssen, hatte Noll damals gesagt, ich werde Insulin nehmen, antwortete Laura, das kann man im Körper nicht als von außen zugeführt nachweisen. Du wirst langsam müde und du dämmerst der Ohnmacht entgegen, vielleicht schwitzt du ein wenig oder du bekommst schubweise aufflammenden Heißhunger, du musst dann lediglich den Mut aufbringen, trotz des Hungers liegen zu bleiben, und mit etwas Glück bist du dann bereits bewusstlos, noch bevor die Muskelkrämpfe einsetzen.
Einen natürlichen Tod muss man auch erst mal hinbekommen, gar nicht so einfach, lachte Laura damals, und dann war Laura zu erschöpft, um weiter durch den Park gehen zu können. Dass man die Kraft auf diese Weise verlieren kann, systematisch

fast, Schritt für Schritt, als würde dein Programm langsam auf Null zulaufen, sagte Laura, da wird abgepumpt und abgepumpt und irgendwann dann klickt es, jemand öffnet die kleine runde Luke, greift in dich hinein und entfernt dir alle Eingeweide, bis du ganz leer bist, und es wird dir schwarz vor Augen, im Kreis, im Kreis, im Kreis ist es eben noch gegangen und nun geht gar nichts mehr, sagte Laura.
Noll sitzt auf der Treppe und er sieht seine Wohnungstür an, er liest seinen Namen auf dem Türschild über der Klingel und Noll sieht sich aus der Wohnung kommen, er hört die Tür hinter sich zufallen, an einem Dienstag, am morgigen Dienstag, pünktlich um sechzehn Uhr wird das sein.

Bevor Noll mit Mara nach Spanien geflogen war, hatte Mara ein Türschild anfertigen lassen, ihre Namen standen untereinander, ein goldenes Schild war es, ich wache doch sowieso jeden Morgen hier neben dir auf, hatte Mara damals gesagt, ich dachte, ich schreibe mich einfach mit an die Tür. Noll nickte, er kaufte einen zweiten Nachttisch für die andere Seite des Bettes, er kaufte einen zweiten Wecker, er räumte eine Hälfte des Kleiderschrankes aus, ich werde also deinen Wecker nicht mitbenutzen, lachte Mara, ich werde immer brav von meinem Zifferblatt die

Uhrzeit ablesen, das ist versprochen, lachte sie, jeder hat hier seine eigene Uhrzeit.
Die Bettwäsche verdoppelt, denkt Noll jetzt, und er sitzt in dem Treppenhaus mit Blick auf seine Wohnungstür, und Noll weiß, was Zeit ist, und er will nicht aufhören sich zu erinnern.
Maras Augen, denkt Noll jetzt, wo anfangen, denkt er, wo aufhören, denkt er, was du treibst, wie es dir geht, was du so vorhast, sagt Noll.

Oft sprach Mara vom Vermissen, meist abends im Bett, kurz bevor sie einschlief. Ich kann es nur schwer erklären, sagte Mara einmal, ich bin dort nie zu Hause gewesen, ich verbrachte nicht genug Zeit dort, doch dieses weiße Haus war der erste Ort meines Lebens, in diesen Zimmern tat ich meine ersten Schritte, diese Sprache war die erste, die ich hörte, und auch wenn ich sie nie mehr wirklich sprach, auch wenn ich nicht lange genug in diesem Haus gewohnt habe, ich gehöre dennoch dort hin, sagte Mara, aber es ist keine gute Zugehörigkeit, kein gutes Vermissen, fügte sie hinzu. Kaum verbrachte Zeit dort, wo ich hingehöre, und verbrachte Zeit hier, wo ich nicht hingehöre, sagte Mara, das ist kompliziert. Immerhin steht hier dein Wecker auf deinem Nachttisch und ich habe die Bettwäsche verdoppelt, hatte Noll damals geantwortet.

Am nächsten Tag ging Noll die Flugscheine kaufen. Um die kaum verbrachte Zeit nachzuholen, schrieb er Mara auf einen Zettel.
Es funktionierte nicht, denkt Noll jetzt, sie wollte nicht aufhören sich zu beklagen, dort nicht, hier nicht.
Wenn man vermisst, hatte Mara ihm einmal gesagt, wenn man vermisst, dann wird dieses Gefühl mit der Zeit um einiges bedeutender als der Gegenstand des Vermissens selbst. Über die Jahre hat man die Leerstelle wachsen und gedeihen lassen, man hat sie viel größer werden lassen, als es Füllmaterial in der Realität geben könnte. Es ist ein Graus, wie man selbst alles dafür tut, das Glück unmöglich werden zu lassen, findest du nicht, hatte Mara gefragt.

Noll sitzt immer noch in dem Treppenhaus vor seiner Wohnungstür, es wird bereits dunkel, die Stufen verlieren ihre Kanten, alles rundum verliert an Kontur, das ist die Müdigkeit der Dinge, denkt Noll, und er kann seinen Namen auf dem Türschild kaum mehr erkennen. Er steht auf, er geht langsam die Treppe hinunter und er verlässt das Haus.

Noll geht die ihm bekannten Wege, er geht vorbei an der Garage, an dem Schreibwarenladen, an der Bank, welche Musik mit in das Auto nehmen, denkt Noll, und er geht bis hin zu der Hauptstraße, vorbei an dem Obsthändler, vorbei an dem Kiosk.

Ob er das Hemd bügeln, ob er die Armbanduhr tragen, ob er die Wohnungstür verschließen und den Schlüssel dann in seinen Briefkasten werfen soll.

Noll geht in das Restaurant am Ufer, er setzt sich an den Tisch, an dem er oft schon saß, der Kellner nickt ihm zu, Noll nimmt die Karte nicht, er bestellt, ohne zu überlegen, wie immer, sagt der Kellner, wie immer, denkt Noll, und er wundert sich über diese Gleichgültigkeit, er verspürt nicht die Eile, möglichst viel noch zu tun.

Ob er die Bettbezüge abziehen, ob er die Fenster öffnen soll, um zu lüften, um sich auch auf diese Weise aus den Räumen zu entfernen, kurz bevor er die Wohnung dann verlassen wird, pünktlich, morgen, sechzehn Uhr.

Am Nebentisch sitzt eine Frau mit einem Kind. Das Kind sieht seine Hand an, seinen Fuß, es lacht, sein Blick erstarrt, es strampelt, es schließt die Augen. Noll zählt sich einige der Dinge auf, die das Kind lernen wird. Das koordinierte Einsetzen der Hände, das Laufen, das Sitzen, das Sehen von Farben.

Ob er duschen soll, bevor er morgen dann die Wohnung verlassen wird, ob er das Hemd bügeln, die Schuhe putzen, ob er die Armbanduhr tragen soll.

Noll entfernte die zurückgebliebenen Haare aus dem Kamm, er behielt sie lange in der Hand, als wollte er nichts mehr abgeben von sich, er gab die Pflanze der Nachbarin, er bestellte die Zeitung ab, Noll brachte den Hund aufs Land, das alles ist noch nicht lange her.

Noll beobachtet, wie die Mutter das Kind beobachtet, dann wieder zählt sich Noll einige der Dinge auf, die das Kind lernen wird. Das Halten des Kopfes, das Erinnern, denkt Noll, und er trinkt wie immer, er isst wie immer. Das Kind ist eingeschlafen, die Mutter hat den Blick nun frei und verlässt die Kindeshöhe, sie sieht Noll an, guten Abend, sagt sie, guten Abend, sagt auch Noll. Die Mutter sieht wieder zu dem schlafenden Kind, tut gut, wenn er mich mal in Ruhe lässt, sagt sie, er ist so anstrengend, immer da, sagt sie, und sie lächelt darüber.
Man hört das Kind die ersten Worte nachsprechen, bis es dann eigene Sätze, eigene Türme baut, denkt Noll, man beobachtet, wie sich das Kind in die Welt hineinholt, mit jedem Blick, mit jeder Enttäuschung, mit jedem Geheimnis vor den Eltern, man beobachtet, wie das Kind Freundschaften findet, wie es das Schweigen für sich entdeckt, man sieht dabei zu, wie das Kind lernt, was wir alle lernen mussten.

Ob er für den kurzen Weg bis hin zu der Garage einen Schal umbinden, ob er vor dem Verlassen der Wohnung noch einmal in den Spiegel sehen soll.

Noll denkt an das Bild, das Mara damals vor ihn auf den Tisch gelegt hatte, Schnee, hatte Noll gesagt, Kind, hatte Mara geflüstert, nein, hatte Noll geantwortet. Als gäbe es in diesem Moment noch etwas zu entscheiden, hatte Mara damals gesagt, dann war sie in ein anderes Zimmer gegangen.

Noll geht am Ufer entlang und er nimmt die Seitenstraßen bis hin zu dem Platz, oft sind die Alten hier, denkt Noll, sie sitzen auf den Bänken, und manchmal flucht eine und manchmal erzählt einer und manchmal lacht eine, und obwohl es miteinander geschieht, scheint es keine Gemeinschaft zwischen den Alten zu geben.

Vielleicht, denkt Noll, vielleicht ist Freundschaft nicht möglich, weil wir uns zu ähnlich werden im Alter, weil wir uns gegenseitig zu sehr an uns selbst erinnern, ist Freundschaft nicht möglich.

Die Alten bewohnen dasselbe Haus, hier, direkt an diesem Platz, und sie gehen durch dieselben Gänge, essen gleichzeitig, leben in gleichen Zimmern, mit jeweils einem Fenster.

Manchmal sitzt ein Alter auf der Bank und sieht zu, wie ein anderer Alter über den Platz geht. Man kann sehen, wie sich der eine über den anderen wundert oder ärgert oder sich vor ihm ängstigt, denkt Noll. Die Alten haben eine gemeinsame Geschwindigkeit, in der sie gehen, in der sie lachen, und so verstehen sie die Welt außerhalb des Hauses auf eine gemeinsame Weise.

Kaum eine der alten Frauen verlässt das Haus je ohne Handtasche, denkt Noll. Die Handtaschen der alten Frauen sind fast leer, ein zusammengelegtes Stofftaschentuch, eine Geldbörse, ein Kamm.

Ob er morgen die Zeitung lesen, ob er sich die Nachrichten im Radio anhören soll.

Es ist dunkel geworden, Noll ist in der Mitte des Platzes stehen geblieben, die Alten sehen aus den Fenstern ihrer Zimmer, denkt er, sie wissen Geschichten zu erzählen, die in denselben Straßen spielen, sie denken vielleicht an Kellerräume und Propellerlärm, und sie sehen währenddessen aus den Fenstern des Hauses auf diesen Platz hinunter, und das tun sie nicht, um nach draußen zu sehen, das tun sie, um sich zu vergewissern, im Haus zu sein, denkt Noll, während er über den Platz geht und weiß, dass die Alten ihm dabei zusehen.
Noll öffnet die Tür zu seiner Wohnung, er tritt in den Gang, er lässt die Tür hinter sich zufallen, was du so vorhast, denkt Noll, und er bleibt einen Moment in dem Gang stehen, dann geht er in das Schlafzimmer, er setzt sich auf das Bett.

Ob diese Stunden wichtiger sind als andere, ob er sich in das Bett legen und einschlafen soll, so wie vor

jedem anderen Tag auch. Ob er die Zeit hat zu schlafen, jetzt das Leben und gestern das Leben und morgen das Leben, denkt Noll, er spult zurück, er spult vor, wo anfangen, wo aufhören, ob Schlaf Verschwendung wäre, jetzt, denkt Noll, und er will nicht aufhören sich zu erinnern, wenn du schon leben willst wie ein Hund, dann nimm wenigstens die Kissen unter deinen Hintern, sagt Noll leise.
Was fehlt, ist die Geschichte, die Viejo dem Kind erzählte, bevor der Kleine dann in das Haus ging und hinabfiel, denkt er.

Du wirst auf keinen Fall versuchen, mich zu trösten, hatte Mara damals gesagt, kein Wort will ich von dir hören, sagte sie, nicht von dir. Du hast es nicht gewollt, es ist also perfekt für dich gelaufen, sagte Mara, und sie sah Noll nicht an, während sie sprach.

Noll wusste nichts zu sagen, Noll wusste nicht, wofür er sich mit welchen Worten entschuldigen sollte, ich könnte dich nicht trösten, auch wenn, sagte Noll, selbst wenn, sagte er, doch Mara war bereits aus dem Zimmer gegangen.

Noll sitzt auf dem Bett, er ist müde, doch er weiß nicht, ob er jetzt schlafen soll, Noll weiß nicht, ob es Verschwendung wäre, während dieser Nacht zu schlafen, und er will nicht aufhören sich zu erinnern, er will nicht aufhören zu lächeln, wo anfangen, denkt er, und Noll erinnert sich an Viejos Tochter, die ihm gegenübersaß, in ihrer Küche waren sie und Noll hielt eine Fotografie ihres Sohnes in der Hand.

Ich hätte auch ein Kind gehabt, beinahe, sagte Noll damals, Viejos Tochter sah ihn an, beinahe ein Kind, fragte sie, ich hätte es nicht gewollt, antwortete Noll, es kam nicht, fügte er hinzu, ich musste daran denken, vorhin, als Sie sagten, der Tod eines Menschen sollte zu dem Menschen selbst passen. Das Weggeschwemmtwerden, so dachte ich, das passt zu einem Menschen, der noch nicht auf der Welt war, sagte Noll zu Viejos Tochter.

Als wäre nichts gewesen, hatte Mara damals gesagt, das ist das Schlimmste daran, wenn ich wenigstens Schmerzen gehabt hätte, sagte sie.

Als wäre nichts gewesen, sagte Noll zu Viejos Tochter, das passt doch zum Fehlgeborenen, und Viejos Tochter sah Noll an, der Sturz meines Sohnes, sagte sie dann, der passte auch zu ihm, er fiel vom höchsten Punkt des Hauses aus bis zum tiefsten Punkt der Baugrube hinab, sagte Viejos Tochter, und sie nahm Noll die Fotografie aus der Hand.

Ein Unfall muss es sein oder ein natürlicher Tod, hatte Laura damals gesagt, die Zettel, denkt Noll jetzt, er steht von dem Bett auf, er geht durch die Wohnung und Noll sammelt die Zettel mit den Namen ihm vertrauter Menschen wieder ein, kein Testament, denkt Noll, und er legt die Zettel auf den Küchentisch, dann setzt er sich wieder.

Man gehört zusammen, Bruder und Schwester, sagte Nolls Mutter einmal. Euer Onkel und ich, wir waren uns eine stille Rettung, eine dauerhafte Verabredung zum Schummeln. Mein Bruder und ich, in das gleiche Leben hineingestellt, mit den gleichen Fragen ausgestattet, und wenn wir Hunger hatten, dann spielten wir Hungerhaben, und wenn wir Angst hatten, dann spielten wir Angsthaben, und so gab es keine Gefahr, denn wir spielten sie nur, und es gab keine Flucht vor den Flugzeugen, denn auch die war nur ein Spiel. Neulich sah ich euren Onkel im Wohnzimmer sitzen, es ist so viel Zeit vergangen, er saß dort über die Ordner gebeugt, über die sich auch euer Großvater ein Leben lang gebeugt hatte, und da war keine Komplizenschaft mehr, doch ohne einander anzusehen, ohne darüber nachzudenken oder darüber zu sprechen, ist es geblieben, wie es damals war, man gehört zusammen, Bruder und Schwester.

Ob Schlaf Verschwendung wäre, ob Noll das Bett abziehen und die Wohnung lüften soll, morgen, bevor er pünktlich um sechzehn Uhr in das Treppenhaus treten wird. Ob er in den Spiegel sehen, ob er die Tür verschließen soll. Ja, denkt Noll, die Tür muss verschlossen sein, so, wie sie auch verschlossen wäre, würde ich lediglich für ein paar Tage verreisen, denkt er, und Noll sieht seine Dinge an.

Ob er morgen noch einmal in den Briefkasten sehen, ob er die Nachrichten hören soll, bevor er dann gehen wird. Welche Musik mit in das Auto nehmen, denkt Noll, er sitzt an dem Tisch in der Küche, er weiß, was Zeit ist, und Noll will nicht aufhören sich zu erinnern.

Die Gans ist weg, hatte die Geliebte des Großvaters gesagt, und sie atmete schnell, sie war die Treppen aus dem Wäschekeller zu rasch hinaufgestiegen, die Gans ist weg, sagte sie noch einmal, sie hatte eine Glasschüssel in der Hand, ich wollte das Tier eben

stopfen, der Topf mit dem Tauwasser steht noch unten, sagte die Geliebte des Großvaters, aber die Gans, die ist weg.
Sie trank ein Glas Rotwein im Stehen, sie setzte sich dann in einen der Sessel und sah den Großvater an. Das ist böswillig, sagte sie nach einem Augenblick, und der Großvater schüttelte den Kopf, nickte.
Mir ist das nur recht, hatte Nolls Schwester nach einem Moment gesagt, wir können sehr gerne eine Mahlzeit auslassen, wir könnten einmal gemütlich zusammen nichts essen, hatte Nolls Schwester gesagt, der Großvater schüttelte den Kopf, nickte, die Geliebte des Großvaters sah zu Nolls Schwester, du warst es, du und dein Bruder, sagte sie, ihr müsst es nicht einmal zugeben.
Noll erinnert sich an die Mutter, die nun ihre Stimme erhob, die gegen die Geliebte des Großvaters anschrie, Nolls Mutter, die sich Verleumdungen dieser Art verbat, die nicht wünschte, die ab sofort auf keinen Fall mehr, die aufgrund der Situation schon längst hätte sollen, und der Großvater nickte, schüttelte den Kopf, dann hob er die Hand, seht doch, rief der Großvater laut, nur noch vier Finger, ich werde euch erzählen, wie das war, damals, als ich zu dem stillgelegten Sägewerk hinausging, mit der Axt in der Hand und mit eurer Großmutter.
Wo ist eure Großmutter, sagte der Großvater, und er

sah auf den Stummel an seiner Hand, er nickte, dann schlief er ein.

Noll sitzt in der Küche, er zählt die Jahre, er spult das Leben zurück, er spult es vor, wo anfangen, denkt Noll, man muss es sich vorstellen, wie es dir geht, was du so vorhast, denkt Noll, und er zählt die Flecken auf seinen Handrücken, wo aufhören, denkt er. Ob Schlaf Verschwendung wäre, ob Schlaf möglich wäre, jetzt.

Nolls Mutter sprach nur selten über die Kindheit, ich kann mich nicht daran erinnern, sagte sie einmal, von eurem Großvater je ein Wort über Kummer gehört zu haben, ich weiß nicht, ob er je zögerte, für einen Moment wenigstens infrage stellte, was diese Zeit damals aus ihm gemacht hatte.
Viel später, ich war schon kein Kind mehr, da musste ich eine Erklärung finden, weshalb ich mich an keine Umarmung erinnern konnte, weshalb es in meiner Kindheit und bis heute nicht eine Umarmung gegeben hatte, und da dachte ich, euer Großvater wäre an der Vergangenheit eingegangen, hätte er auch nur eine Sekunde lang für jemanden Liebe empfunden.
Liebe hätte den Zusammenbruch seines Immunsystems bedeutet, euer Großvater hätte keine Abwehr

gegen die Erinnerungen mehr gehabt, er wäre an ihnen verreckt, so habe ich es mir erklärt.
Wie weiß Knochen sind, denkt Noll jetzt und er erinnert sich an die Stimme des Großvaters, etwas Weißeres kann es nicht geben, das könnt ihr mir glauben, und dieses Weiß kann einen verfolgen, ein Leben lang.

Noll sitzt auf dem Bett, er wird sich nicht hinlegen, um zu schlafen, Noll will nichts mehr abgeben von sich.

Jünger, als ich es bin, sagte Nolls Mutter eines Abends, was soll man da tun, wie soll man sich dagegen zur Wehr setzen, was soll man den anderen erzählen, was sich selbst darüber sagen oder den Kindern.

Sie ist ohne Alltag und ohne Entscheidungen, sie muss nicht essen, niemals zur Toilette, sie erwacht morgens perfekt geschminkt, genau so, wie all diese schönen Frauen in den Serien, so stelle ich sie mir vor, und neben ihr und ihr gegenüber und auf ihr und unter ihr, dumm schwärmend, euer Vater, und alles hat er vergessen, keine Erinnerung ist da mehr an sein Leben hier, er hat mir nicht einmal ihren Namen genannt.

Niemals zuvor habe ich mich selbst so angesehen, das ist im Grunde das Schlimmste daran, nicht die Bilder, die man vor Augen hat, Wäschebilder, Hautbilder, Kussbilder, Wortbilder, nein, am schlimmsten ist dieser böswillige Blick auf sich selbst, sagte die Mutter. Sie sah Nolls Schwester an, kaum älter als du, sagte sie, und Nolls Schwester lachte, was will man davon halten, lachte sie, soll er doch den Bauch einziehen, auf ewig, sagte Nolls Schwester, dann ging sie aus dem Zimmer.

Er kommt wieder, sagt Noll, wie er es damals gesagt hatte, er kommt bestimmt bald wieder, und Nolls Mutter lehnte sich zurück, man krümmt sich so sehr unter diesem böswilligen Blick auf sich selbst, dass man ganz vergisst, sich zu fragen, ob man ihn überhaupt zurückhaben will, sagte sie.

Mit der Mutter wird Noll nicht mehr sprechen. Die Mutter würde von der Nachbarschaft erzählen, sie würde von der Familie berichten, sie würde einen Wunsch äußern und plötzlich würde die Mutter während des Sprechens wissen, wie unwichtig alles geworden ist. Sie würde mitten im Satz abbrechen, was ist denn, würde sie fragen, was ist mit dir.

Noll sitzt auf dem Bett, es gibt kaum Fotografien von Vater, denkt er, als wir die Familie noch fotografierten, war immer Vater es, der die Kamera hielt. Vater zusammensetzen, denkt Noll, dünnes, helles Haar, die Augen klein, wässrig, das Gesicht meist gerötet, von hinten und von vorn schien Vater schmal, nicht groß, nein, kein großer Mann, im Profil hingegen war der Bauch ganz erstaunlich und unerwartet rund, eine enorme, feste Kugel, denkt Noll. Schlagt zu, sagte der Vater oft, und er spannte die Bauchmuskeln an, schlagt zu, bis ich um Gnade bettle, lachte der Vater, und Nolls Schwester prügelte auf den Bauch des Vaters ein, sie hatten ihn jedoch niemals um Gnade betteln hören.

Das kitzelt, sagte der Vater stattdessen, sobald sich Nolls Schwester Mühe gab, besonders fest zuzuschlagen.
Das kitzelt, hatte Noll der Schwester damals gesagt, als die Schmerzen im Kopf kamen.

Vaters Waden, denkt Noll, niemand konnte es verstehen, dass Vater diese Waden hatte, die Waden eines Sportlers, ohne sich jemals auch nur im Laufschritt bewegt zu haben.

Kurz bevor euer Vater ging, rasierte er sich den Bart ab und er zog vor dem Spiegel den Bauch ein, sagte Nolls Mutter, das hätte ihn verraten können, ich habe nicht darauf geachtet, habe mich nicht über diese neue Eitelkeit gewundert, ich habe es nicht schnell genug bemerkt, dass euer Vater nicht mehr danach fragte, wie sein neuer Anzug sitze, ob mir das Hemd gefalle oder ob die Krawatte farblich passe. Er wollte mich raushalten, vielleicht hatte er auch Angst, mein Geschmack könnte alles verderben.

Noll sitzt auf dem Bett, niemand geht auf der Straße, kein Betrunkener, kein Auto ist zu hören.
Exakt um diese Uhrzeit scheinen sich alle Ruhephasen der Stadt zu überschneiden, denkt Noll, und er lässt sich auf das Bett zurückfallen, ich bin nicht in Zeitnot, denkt er, und er wundert sich über diese Gelassenheit.
Dass sich nichts bewegt, jetzt, denkt Noll, die Füße noch immer am Boden, ich bin kein Gehetzter, denkt Noll, ich könnte jetzt schlafen.

Ob er die Armbanduhr tragen, ob er das Hemd bügeln, ob er den Wecker stellen soll.

Als Karina eines Nachts nach Mara fragte, wusste Noll nichts zu erzählen, er wollte Mara beschreiben, Maras Augen sind, begann Noll, nein, fiel Karina ihm ins Wort, nicht die Augen, ich will von dir hören, wie das ist, gemeinsam den Kühlschrank für das Wochenende zu füllen, oder das Türschlagen mitten im Satz des anderen, im Bett liegen bleiben, obwohl

das Telefon klingelt, gemeinsamer Briefkasten, diese Dinge eben, das Leben, wie es war, dein Leben, wie es war, sagte sie.
Noll sah Karina an, er überlegte, und dein Leben, sagte er dann, das würde eine fragen und ein anderer wüsste nicht, was er darauf antworten könnte, sagte Noll, jetzt das Leben und gestern das Leben und morgen das Leben, und nichts zu berichten, sagte Noll. Karina drehte ihm den Rücken zu, du blöder Hund, sagte sie, du bist ein blöder Hund.

Diese Karina, hatte Viejo eines Abends gesagt, diese Karina müht sich um deine Blicke, sie hängt an deinen Lippen, um keines deiner Worte zu verpassen. Sie will, dass alles, was du sagst, auch mit ihr zu tun hat, dass sie in allem vorkommt, wie eine Grundstimmung, sozusagen. Ja, sie wäre gerne deine Grundstimmung, diese Karina. Du solltest ihr sagen, dass dem nicht so ist.
Karina hat einen Flugschein zurück nach Hause, wir wussten, dass wir uns hier lediglich für ein paar Wochen zusammenlegen würden, sagte Noll.
Nein, gab Viejo zurück, es gibt Möglichkeiten, Karina hat nichts als Möglichkeiten im Kopf, ich könnte, ich würde, wollte er, er müsste nur, und ich wäre, das denkt sie, deine Karina, und du solltest ihr sagen, dass sie nicht deine Grundstimmung ist.

Es ist spät, Noll hat sich in dem Bett zurückfallen lassen, so liegt er, die Füße noch immer am Boden, Viejos Kissen im Nacken, welches Wort, denkt Noll, welches Wort fehlte ihm.

Und deine Laura, fragte Nolls Schwester einmal, was ist mit meiner Laura, gab Noll zurück, ja, was denn eigentlich, fragte die Schwester, und Noll überlegte, was er darauf antworten könnte.
Dass Laura diese Müdigkeit kennt und das Erstaunen über diesen Willen, den man sich nicht einmal vornimmt zu haben, im Kreis, im Kreis, im Kreis ist es eben noch gegangen und nun geht gar nichts mehr, dachte Noll.
Nichts, hatte er dann geantwortet, nichts ist mit meiner Laura, hatte Noll gesagt.

Ob jemand den Wintermantel, die Hemden tragen wollen wird, ob jemand eine vergessene Münze in einer der Hosentaschen finden, ob jemand die Bücher und die Zeitschriften lesen, die Bettwäsche aufziehen wird.
Ob die Ordnung ausreicht, damit Fremde sich zurechtfinden in den Schränken und Schubladen, ob sie den Mut haben werden, sich zu bedienen.
Ob er den Wecker stellen, ob er vor dem Verlassen der Wohnung in den Spiegel sehen soll.

Wie alles anders wird, sagte Nolls Mutter einmal, wie alles anders wird und noch einmal anders, wie sich alles umkehrt und wendet und nichts ist, wie man es sich gedacht hatte. Ich stelle euren Großvater in die Mitte des Zimmers und er hat keine Erinnerung mehr an das Leben, auch an seine Beine nicht. Euer Großvater hat vergessen, dass er laufen will, und so schlage ich ihm ganz leicht in die linke Kniekehle, er spürt den Schlag, erinnert sich, hebt das linke Bein, er tut einen Schritt, setzt das Bein auf und hat bereits wieder vergessen, alles vergessen, auch, dass er laufen will, und so schlage ich ihm ganz leicht in die rechte Kniekehle und er erinnert sich an das Laufen und er geht einen Schritt.
Neulich hat er gelacht und dann hat er gefragt, was tust du denn da, mein Kind. Mein Kind, sagte er, ich wusste nicht, was ich darauf antworten sollte, wir gehen, sagte ich, aha, antwortete euer Großvater.
Ich bin sicher, sagte Nolls Mutter, so hat sich euer Großvater das nicht vorgestellt, als er davon sprach, eines Tages alt zu sein, nicht mehr arbeiten zu müssen, als euer Großvater darüber nachdachte, womit er die Zeit verbringen würde, eines Tages, sagte Nolls Mutter, eines Tages, das sagt man so oft und weiß von nichts.

Noll liegt auf dem Bett, Viejos Kissen im Nacken, die Füße noch immer am Boden, ob Schlaf Verschwendung wäre, jetzt, denkt er.
Einen natürlichen Tod, den muss man erst einmal hinbekommen, denkt er, und er will nicht aufhören sich zu erinnern.

Nolls Großvater saß in dem Sessel und er starrte seine Hand an, immer wieder spreizte er die vier verbliebenen Finger, dann sah er auf, da fehlt doch einer, da fehlt ein ganzer Finger, wo ist der geblieben, fragte er, und Noll erinnert sich an das Gesicht des Großvaters, an die Hand mit dem Stummel, wie die kupierte Rute eines Boxers, denkt Noll, und er liegt auf dem Bett, wie doch alles anders wird und noch einmal anders, denkt er, wie sich alles umkehrt und wendet und nichts ist, wie man es sich gedacht hatte.

Da fehlt doch ein ganzer Finger, rief der Großvater, und Noll setzte sich dem Großvater gegenüber auf den Boden und er erzählte dem Großvater die Geschichte des Fingers, Satz für Satz, wie Noll sie so oft von dem Großvater erzählt bekommen hatte.

Ein großer Schutzengel muss es gewesen sein, ein riesiger Engel, kein chen, sagte Noll, und der Großvater nickte, Fieber, sagte er, ich hatte hohes Fieber, obwohl wir, obwohl deine Großmutter, ich glaube, es war Wodka, ich weiß nicht, sagte der Großvater, wo ist sie denn nur, fragte er, und er sah seine Hand an, er nickte, wo ist sie denn, weiß das jemand, fragte er, deine Frau ist schon lange nicht mehr hier, antwortete die Geliebte des Großvaters, und sie ging aus dem Zimmer.

Noll steht von dem Bett auf, er geht in die Küche und er öffnet die Flasche Wein, die seit langer Zeit in der Kammer liegt, du musst sie drehen, sagte die Schwester, immer wieder ein klein wenig bewegen, und außerdem braucht der Wein eine bestimmte Temperatur, ich weiß nicht, welche das ist, um den Wein trinken zu dürfen, musst du mindestens heiraten, Lust auf Wein ist nicht Grund genug, sagte Nolls Schwester.
Noll trinkt von dem Wein und er will nicht aufhören zu lächeln und Noll erinnert sich an den Umzugskarton neben Lauras Wohnungstür. Fünf Mischlinge sind es, sagte Laura, sie sehen dich noch nicht an, sie finden ihre Augen noch nicht, sie sind noch zu jung.
Du hast rote Flecken im Gesicht, sagte Noll, so sieht Freude aus, antwortete Laura, und sie sah in die Kiste mit den jungen Hunden, die Welpen lagen orientierungslos beieinander, sie ruderten mit noch zu kurzen Beinen, sie rissen die Mäuler auf, sie bewegten sich, als lebten sie unter Wasser.
Genau genommen sind es weiße Flecken, da in deinem Gesicht, sagte Noll, trotzdem Freude, antwor-

tete Laura, mir geht es gut, such dir einen der Hunde aus.
Noll setzte sich neben die Kiste, er sah lange hinein, ich weiß nicht, sagte er dann, ich warte lieber, bis sie mich ansehen können. Wochen später brachte Laura einen der Hunde zu Noll in die Wohnung.

Wie alles anders wird, denkt Noll, wie alles anders wird und noch einmal anders, denkt er, und er trinkt von dem Wein.
Sich den Vater erzählen, in all seinen Eigenheiten, denkt Noll, und er erinnert sich daran, als Kind mit dem Vater Maikäfer gefangen zu haben, ganze Schwärme fraßen sich damals durch die Waldränder im Umland der Stadt. Der Vater und Noll fingen viele Käfer, vier Schuhkartons legten sie mit Kastanienblättern aus.
Noll erinnert sich an das Geräusch, die ganze Nacht das Kratzen der Käfer an den Pappwänden der Kartons.
Als wir am nächsten Morgen zusammen auf den Flohmarkt gegangen sind, denkt Noll, sich den Vater zusammensetzen, denkt er, und Noll erinnert sich an die Maikäferrennbahn auf dem Tapeziertisch, mein Sohn nimmt alle Wetten an, rief der Vater laut, nur noch fünf Minuten bis zum Start, möge der beste Käfer siegen, Müller gegen Schornsteinfeger,

nur hier, nur heute, nur Spaß, rief der Vater, und er lachte, Noll erinnert sich, wie der Vater sich setzen musste, wie er sich die Brust hielt, kurzatmig, das ist die Mittagssonne, sagte der Vater, nur die Mittagssonne, nur heute, nur Spaß.

Jünger als ich, hatte die Mutter immer wieder gesagt, als der Vater nicht mehr da war, soll er doch auf ewig den Bauch einziehen, hatte Nolls Schwester gesagt, Müller gegen Schornsteinfeger, möge der beste Käfer siegen, hatte Noll gedacht.

Die Hündin des Großvaters hieß Anka. Sie ist unbrauchbar als Jagdhund, sie läuft mir zu oft vor das Gewehr, sie vergräbt die zur Strecke gebrachten Hasen, Anka fürchtet sich vor Gewitter und Schafen, sagte der Großvater, aber erschießen darf ich sie erst, wenn sie mich anfällt, das würde Anka jedoch niemals tun, sagte der Großvater, und er gab ihr ein Stück Wurst, kein Jagdhund, dieses Mistvieh, sagte der Großvater, während er Anka in den Zwinger sperrte.

Anka bekam kahle Stellen, das weiße Fell blieb ihr, das braune fiel ihr aus, nun ist sie auch noch hässlich, sagte der Großvater eines Tages, was für ein selten hässlicher, unbrauchbarer Hund.

Anka schwamm gerne in dem See, manchmal warf der Großvater ihr einen Stock weit hinaus in das Wasser und Anka sprang wild bellend hinterher und sie schwamm, bis sie den Stock erreicht hatte, mit dem sie dann erschöpft an das Ufer zurückkehrte. Ich habe noch nie davon gehört, dass ein Hund je ertrunken ist, sagte der Großvater einmal, Anka wird hundert Jahre alt werden, antwortete Nolls Schwester, siebenhundert Menschenjahre, fügte sie hinzu, finde dich damit ab, sagte Nolls Schwester zu dem Großvater, der einen viel zu großen Stock viel zu weit in den See hinausgeworfen hatte, Anka blieb bellend am Ufer stehen.

Noll geht zu dem Telefon, er wählt Maras Nummer. Wie geht es dir, fragt Noll, ohne seinen Namen genannt zu haben. Mara zögert, du, sagt sie, jetzt rufst du an, und Noll wartet einen Moment, wie geht es dir, fragt er noch einmal, Mara lacht, was für eine Frage, nach all der Zeit, es ist noch dunkel draußen, wo bist du, fragt sie, und Noll weiß nicht, ob er erzählen, ob er ihr die Uhrzeit nennen soll, was ist mit dir, fragt sie. Alles in Ordnung, ich wollte nur, antwortet Noll, und er legt auf.
Ob sie den Mut haben werden, sich zu bedienen, ob sie in die Schubladen und Schränke sehen werden.
Welche Musik mit in das Auto nehmen.
Noll geht in das Schlafzimmer und er setzt sich auf das Bett, du machst das schon, hatte Laura ihm gesagt, und sie hatte ihm den Hund gegeben und einen Hundenapf und eine Leine.
Noll steht von dem Bett auf, du machst das schon, denkt er, und er geht in die Küche, es ist noch dunkel draußen, Noll ist nicht mehr müde, er setzt sich an den Tisch und er wundert sich über diese Gelas-

senheit, fünfzehn bis zwanzig Jahre gehen vorüber und irgendwann ist alles so lange her, denkt Noll. Eines Tages, das sagt man so oft und weiß von nichts, denkt er, und er trinkt noch ein Glas Wein, du kannst niemandem erzählen, dass du weißt, wann es sein wird, wie es geschehen wird, sie würden es nicht hören wollen, sie würden es nicht geschehen lassen wollen, aber sie müssten es geschehen lassen und es fehlten ihnen die Worte, sie könnten nichts tun und sie hätten Furcht, eine übergeordnete Hauptfurcht und gleichsam eine kleinere, gezielte Furcht, um mich, um sich selbst, denkt Noll, und dieses Wissen, was Zeit ist, das würde sie für einen kurzen Moment ehrfürchtig machen, denkt Noll, und er sitzt in der Küche an dem Tisch, er trinkt den Wein, wie es dir geht, was du so vorhast, denkt er die Worte der Schwester.

Noll stieg mit dem Hund in das Auto, er fuhr aus der Garage hinaus und er wartete, bis sich das Garagentor hinter dem Auto schloss. Noll öffnete das Tor noch einmal, er blieb mit dem Hund im Auto sitzen, er sah die Garage im Rückspiegel des Autos, nach zehn Minuten schloss sich das Tor von selbst.
Aus Sicherheitsgründen, selbstschließend nach zehn Minuten, dachte Noll, dann fuhr er los.
Er hörte auf den Motor des Autos, es war kalt draußen, Noll sah die Abgase der Fahrzeuge vor und neben sich aufsteigen, der Hund war nervös, du willst laufen, willst an die Luft, ich weiß, sagte Noll, wirst sehen, es ist schön dort, eine Familie, Kinder, Garten, Katzen, sagte Noll, dann fuhr er aus der Stadt hinaus und Noll sah das Lenkrad an, er hielt es fest umschlossen mit beiden Händen, ich werde noch warm sein, vermutlich, irreführend warm, als sei alles in bester Ordnung, weil die Heizung im Auto laufen wird, beide Hände an diesem Lenkrad, dachte Noll, welche Musik mitnehmen, dachte er, denkt Noll jetzt.
Ob er den Wecker stellen soll.

Noll blättert in dem alten Notizbuch, eine Fotografie fällt zu Boden, der Sohn des Bauern ist darauf zu erkennen, in der Bar des Dorfes steht er, umringt von Cowboys und Indianern, die gerade Pause machten.

Ob er das Lesezeichen aus dem Buch neben seinem Bett nehmen soll.

Noll erinnert sich an den Häuptling, einen älteren Herrn aus London, er saß in einer Ecke der Bar, er war sehr erschöpft, er hatte den Federschmuck und die grauen Indianerzöpfe vor sich auf den Tisch gelegt, dort saß er und er rauchte eine Zigarre.
Man hält uns für Mexiko, sagte der Sohn des Bauern zu dem Häuptling aus London, und dann setzte sich der Sohn des Bauern mit an den Tisch. Der Häuptling nickte, angenehm, sagte er, uns hält man für Indianer.
Noll nimmt die Fotografie vom Boden auf und er legt sie zurück in das Notizbuch. Es wird hell draußen, auf der Straße sind vereinzelt Autos zu hören, in den Häusern sind vereinzelt Fenster erleuchtet.

Noll geht in das Schlafzimmer, er legt sich auf das Bett und Noll will nicht aufhören sich zu erinnern. Was fehlt, sagte Viejos Tochter damals, und sie legte die Fotografie ihres Sohnes zurück zu den anderen Bildern, was fehlt, um Ruhe zu finden, ist die Geschichte, die Viejo dem Kleinen erzählte, bevor das Kind dann in das Haus ging und hinabfiel.

Ob Schlaf jetzt Verschwendung wäre, ob er das Bett frisch beziehen, ob er sich warm anziehen soll, für den kurzen Weg bis hin zu dem Auto. Ob er den Wecker stellen, ob er in den Spiegel sehen soll, bevor er pünktlich dann die Wohnung verlassen wird.

Welche Musik mit in das Auto nehmen, denkt Noll nun, und er hat keine Melodie, hat keine Stimme im Kopf, das Lesezeichen, denkt er, man muss es sich vorstellen, Noll nimmt das Buch, das neben dem Bett auf dem Boden liegt, er nimmt das Lesezeichen aus dem Buch heraus, ein wenig mehr als die Hälfte, denkt er.

Heute, sechzehn Uhr, denkt Noll, und er liegt auf dem Bett, die Füße am Boden, Viejos Kissen im Nacken, eines Tages, das sagt man so oft, ich sollte den Wecker stellen, denkt er.
Noll wird die Mutter nicht anrufen, auch die Schwester nicht, Noll hat den Stecker des Anrufbeantworters aus der Wand gezogen, das Lesezeichen aus dem Buch genommen, die Pflanze zur Nachbarin gebracht, das Zeitungsabonnement gekündigt.
Ob er nicht zufrieden sei, das hatte man ihn gefragt, nein, hatte Noll geantwortet, nein, das ist es nicht.

Ich wünschte, ihr hättet es getan, hatte Nolls Mutter einmal gesagt, ich wünschte, ihr hättet euch heimlich zu dem See geschlichen, mit diesem gefrorenen Beweisstück ihrer häuslichen Fähigkeiten, ich wünschte, ihr hättet diese Familiengans damals tatsächlich versenkt, hatte Nolls Mutter gesagt, und Nolls Schwester hatte genickt, ja, so könnte das gewesen sein, wir, Bruder und Schwester, am Ufer des Sees, nebeneinander, das Vieh im Blick, wie es blass versinkt, die oberste Hautschicht bereits weich, das Fleisch noch gefroren.

Tag X nannte die Familie das bevorstehende Todesdatum des Großvaters. Der Tag X war es, auf den alle warteten, freundlich umstellten sie den Großvater, sie halfen ihm auf, sie sprachen mit ihm, sie beobachteten ihn, sie kochten für ihn, der dort sitzen blieb, wo man ihn hingebracht hatte, der dort liegen blieb, wo man ihn hingelegt hatte, der nickte, der ein ganzes Leben vergessen hatte.
Man wartete auf den Tag X, auf das Räumen des Hauses, auf die Auflösung des Hausstandes, und man ließ einige Details aus, über die niemand sprechen wollte.
Einmal sah der Großvater plötzlich auf, jetzt denkt er an Weiß, sagte Nolls Mutter, und dieses Weiß kann einen verfolgen, ein Leben lang, sagte der Großvater.

Ob er vor dem Verlassen der Wohnung in den Spiegel sehen soll.
Noll liegt auf dem Bett, die Füße am Boden, er ist müde, er denkt daran, den Wecker zu stellen, sechzehn Uhr, denkt Noll, und es ist Dienstag.

Ostern und Weihnachten, gelb und rot, zwei Kartons voll Dekoration, Hasen und Engel, Eier und Sterne, denkt Noll, und er geht zu dem Kleiderschrank, er sieht die Pullover an, die Hosen, die

Hemden, die Schuhe, ob sie es wagen werden, denkt Noll, ob sie den Schrank ausräumen werden, um jemandem die Hosen zu geben oder die Hemden, ob jemand die Pullover tragen wird, die Schuhe, denkt Noll. Was fehlt, ist die Geschichte, die Viejo dem Enkel erzählte, die Geschichte, die der Kleine dann suchen ging, in der Bauruine, am höchsten Punkt des nicht fertigen Hauses.

Es ist zehn Uhr, noch sechs Stunden, denkt Noll, und er nimmt den Wecker, er stellt ihn auf halb vier, dann ist noch Zeit für eine Tasse Kaffee, dann, um halb vier, denkt er, und Noll füllt Wasser in die Kaffeemaschine, er gibt bereits das Kaffeepulver in den Filter, nur noch den Knopf drücken, dann, heute, Dienstag, denkt er.

Drei Minuten können ewig dauern, ist man Kind, liegt man auf dem Bauch und wartet, sagte Nolls Mutter. So nämlich lagen wir am Seeufer, euer Onkel und ich, und es war finster und wir hatten Gläser aufgestellt mit Kerzen darin, nur der Schein der Kerzen war da und wir lagen nebeneinander, ganz still, am Ufer des Sees, bis sich plötzlich die Oberfläche des Wassers bewegte, und dann tat sie sich an mehreren Stellen gleichzeitig auf und die Krebse kamen gegen das Licht marschiert. Euer Onkel und ich, wir blieben auf dem Bauch liegen und wir waren gemeinsam auf der Lauer, unbeweglich und stumm, bis die Krebse nah bei uns waren, und dann griffen wir nach den Tieren und wir warfen sie in einen Eimer.

Essen wollten wir die Krebse nicht, aber wir lieferten sie an eure Großmutter aus und wir sahen den Erwachsenen beim Essen zu, die Krebse waren rot geworden, so rot, dass wir Kinder uns immer wieder erneut darüber wundern konnten.

Erhoben wir uns aus der Bauchlage am Ufer des Sees, um nach Hause zu gehen, griff euer Onkel stets in den Eimer, er nahm einen der Krebse heraus, du hast Glück gehabt, sagte er, und warf das Tier in den See zurück, dann nahm er den Eimer und wir gingen zum Haus. Als Krebsgott mochte ich ihn sehr, euren Onkel.

Es wird eine Feuerbestattung sein, weshalb also sollten wir einen teuren Sarg nehmen, sagte Nolls Onkel. Großvater würde es zu schätzen wissen, dein klares Vorgehen, antwortete Nolls Schwester, so wollte er dich haben.

Ich kann das nicht, sagte Nolls Mutter, und sie gab dem Onkel den Ordner mit den Fotografien der Blumengestecke und Kränze, der Hemden und Särge, und der Onkel notierte Bestellnummern und Preise auf einem Zettel, ein schlichtes Hemd, einen schlichten Sarg, nicht zu viele Blumen, sagte der Onkel, was schreiben wir auf die Karten, fragte die Mutter, na endlich, das schreiben wir, na endlich, antwortete Nolls Schwester.

Wie man wohl das Verlassen der Wohnung plant, Schritt für Schritt, bis in das kleinste Detail, sich immer wieder in Gedanken die Wohnung verlassen sieht.

Ob es besser wäre, ohne Schlaf und müde zu bleiben, ob er müde zu dem Auto gehen soll.

Müller gegen Schornsteinfeger, nur hier, nur heute, nur Spaß, möge der beste Käfer gewinnen, denkt Noll, und er will nicht aufhören sich zu erinnern.
Großvater ist gestorben, sagte Nolls Schwester am Telefon, heute Mittag, Punkt zwölf Uhr. Habe sowieso keinen Hunger mehr, das hat er noch gesagt, und dann ist er gestorben, sagte Nolls Schwester, ich war nicht traurig, Großvater ist jetzt tot, das habe ich gedacht, immer wieder diesen Satz, heute ist der Tag X, habe ich gedacht, aber traurig war ich nicht. Mir fiel das Sägewerk ein, der Stummel an seiner Hand, sonst nichts.
Das Auslassen einiger Details, auch jetzt noch, denkt Noll, und er ist müde, er hat den Wecker auf halb vier gestellt.
Ich bin immer noch nicht traurig, flüsterte Nolls Schwester in der Kirche, ich bemühe mich, sagte sie, aber es funktioniert nicht. Noll sah den Sarg an, ob die Schrauben festgezogen sind, dachte Noll, und er las die Aufschriften auf den Trauerschleifen, zum letzten Bruch, in Gedenken, dein Jagdverein, stand dort auf einem Kranzband geschrieben.

Welche Musik mit in das Auto nehmen, denkt Noll, und er schließt die Augen. Ob Schlaf jetzt möglich wäre, denkt er, und Noll wundert sich über diese ruhige Müdigkeit. Nicht in Zeitnot, denkt er, welche

Geschichte Viejo dem Kind wohl erzählte, welches Wort ihm wohl fehlte, wohin nur mit den Händen, und wenn du schon leben willst wie ein Hund, dann nimm wenigstens die Kissen unter deinen Hintern, um halb vier wird der Wecker klingeln, mitten am Tag, eines Tages, das sagt man so oft und weiß von nichts, heute das Leben und gestern das Leben und morgen das Leben, als sei man viele, nur noch den Knopf drücken, Müller gegen Schornsteinfeger, dann, um halb vier, ob sie sich bedienen werden, ob sie den Mut haben werden, wie es dir geht, was du so vorhast, wie weiß, im Kreis, im Kreis, im Kreis ist es eben noch gegangen, welche Musik, dann, ob Mut das richtige Wort ist, welches Wort, wohin nur mit den Händen, ein paar Minuten Schlaf jetzt, ein paar Minuten nur.

ZWEI

Nach welchem Rock sie greifen soll, Sonia vor dem Kleiderschrank, Lust auf welche Schuhe, flüstert sie, und ja, denkt sie, ja, sie ist zufrieden mit dem, was sie dort im Spiegel sieht, und Sonia weiß, wie sie den und den und jenen ihr gegenüber anzusehen hat, ein wenig von unten, das streckt, das vergrößert um einen Deut nur die Augen. Doch nicht zu sehr das Kinn gegen das Schlüsselbein gepresst, und aufrecht steht sie, sitzt sie, geht sie, ganz so, wie Sonia es lernte, als zöge jemand von oben am Faden.

Sonia ist zuständig für Q, für R, auch für S und T. Sie hat S, hat den Fall Schrader, Arnold Schrader, auf dem Tisch, hat sich für heute das S vorgenommen, dieser Tag heißt Arnold Schrader, denkt Sonia, und Lust auf welche Schuhe.

Unheilbar krank, achtundfünfzig, im Auto gefunden, im laufenden Auto, bei geschlossenem Garagentor, denkt Sonia. Scheinbar keine Frage, bei dieser Versicherungssumme, in diesem Fall, scheinbar ohne jeden Zweifel ein selbst herbeigeführter Tod, aber genauer betrachtet, im Detail bedacht, tauchen

Fragen auf, ein paar wenige nur, jedoch genug, um zu zögern, denkt Sonia, und sie geht zu ihrem Auto, zu spät, wie an jedem beginnenden Tag. So trist, denkt Sonia, von Q bis T so trist dies alles, und trotzdem, immer wieder geht sie, jeden Morgen geht sie, zu dem Fahrstuhl, in das Zimmer, an den Schreibtisch. Es ist ein klarer Fall, so scheint es, denkt Sonia im Gehen, jedoch genauer betrachtet muss es nicht so gewesen sein, dass dieser Arnold Schrader nämlich vorsätzlich das Garagentor hinter sich schloss, es muss nicht so gewesen sein, denkt Sonia, und S wie Schrader, Arnold Schrader, heißt der Tag.

Es ist unwahrscheinlich, sagt Sonia zu dem Vorgesetzten, dass dieser Schrader in seinem Auto ungeplant ohnmächtig wurde, bei laufendem Motor, bei geschlossenem Garagentor, bei dieser Versicherungssumme. Ein Unfall ist unwahrscheinlich, möglich ist er dennoch, sagt Sonia zu dem Vorgesetzten, wie sie es gelernt hat zu sprechen, auf Tonfall, auf Stimme, auf Haltung achtend, aufrecht, als zöge jemand von oben am Faden.
Glückwunsch, sagt der Vorgesetzte, lacht der Vorgesetzte, unwahrscheinlich, jedoch möglich, das also sind Ihre Erkenntnisse.
Es ist nicht ganz so einfach, gibt Sonia zurück, und sie sagt es, wie sie es gelernt hat zu sprechen, wie sie

es gelernt hat zu entgegnen, Sonia konzentriert sich auf die Lage der Stimme, Luft ein, Luft aus, die Tumore des Herrn Schrader drückten auf die Luftröhre, es könnte also auch sein, dass er hinter dem Steuer seines Fahrzeuges aufgrund eines plötzlichen Sauerstoffmangels ohnmächtig wurde, woraufhin das Garagentor dann selbsttätig schloss, nach zehn Minuten tut es das nämlich aus Sicherheitsgründen, und der Motor des Autos lief noch, wegen der Heizung, Herr Schrader hörte Musik, es muss sich folglich nicht unbedingt um eine Selbsttötung handeln, es könnte auch ein Unfall gewesen sein, ein Missgeschick, fügt Sonia hinzu.
Könnte so sein, oder so, sagt der Vorgesetzte, beeindruckend, Ihre Sicht auf die Dinge.

Wie Sonia es gelernt hat, wendet sie sich langsam ab, langsam entfernt sie sich, von Q bis T so trist dies alles, und welche Musik er wohl mit in das Auto genommen hat, denkt Sonia, wie sucht einer Musik aus, um dann, denkt Sonia.
Wie das wohl ist für einen, der den letzten Augenblick kennt, weil er selbst ihn sich gesetzt hat, denkt Sonia, und sie geht, wie sie es gelernt hat, Räume zu verlassen, nicht zu schnell, nicht zu langsam, hinaus.

Zum Beispiel die Zettel, sagt Sonia dem Vorgesetzten, zu all den Ungereimtheiten gehören zum Beispiel auch die Zettel. Sie lagen auf dem Küchentisch, Namen standen darauf, auf jedem Zettel der Name einer ihm vertrauten Person, der Name seiner Schwester, der Name seiner Mutter, zum Beispiel, rückseitig die dazugehörigen Adressen.
Jeder Name tauchte mehrere Male auf, viele Zettel waren es, selbstklebend, sagt Sonia, und der Vorgesetzte währenddessen sieht auf das Telefon. Nichts im Kühlschrank übrigens, denkt Sonia, die Wohnung ordentlich, sagt sie stattdessen, sauber hinterlassen, genauso nämlich sieht es auch bei mir aus, verreise ich für längere Zeit, sagt Sonia, so würde es in meiner Wohnung aussehen, wüsste ich, dass ich nicht wiederkommen würde, denkt Sonia, sie sagt es nicht.
Er war möglicherweise ein zutiefst ordentlicher Mensch, vielleicht sah seine Wohnung stets genauso und immer gleich aus, vielleicht war niemals etwas zu essen in dem Kühlschrank, weil er nicht kochte, solche gibt es doch auch, soll es doch geben, denkt

Sonia, solche, die den Geruch einer warmen Mahlzeit nicht ertragen können in den eigenen Räumen, solche gibt es doch auch.
Ich denke, wir werden nicht zahlen müssen, sagt Sonia, ein klarer Fall, so gut wie bewiesen.
Der Vorgesetzte nickt, er nimmt den Hörer des Telefons, er wählt eine Nummer, er sieht kurz auf.
Ich fand ein Adressbuch, ich habe es vorübergehend in Verwahrung genommen, sagt Sonia, der Vorgesetzte winkt ab, er nennt seinen Namen, und wie Sonia es gelernt hat, Räume zu verlassen, nicht zu schnell, nicht zu langsam, geht sie hinaus.

Sonia liegt wach, manchmal sehr lange, heute sehr lange, von Q bis T so trist dies alles, denkt Sonia, und wie kann einer sich setzen, vielleicht an den Küchentisch, wo er so oft saß, um alltägliche Dinge zu tun, um Einkaufslisten zu schreiben, um zu telefonieren, um aus dem Fenster zu sehen, wie kann einer also an dem Tisch sitzen und darüber nachdenken, welche Musik er mit in das Auto nehmen wird, wie soll das gehen, zu essen, zu trinken oder den Hausmeister im Treppenhaus zu begrüßen, wie an jedem anderen Tag auch, denkt Sonia.

Bildhafter werden die Gedanken nun, im geheizten, laufenden Auto, da war er vermutlich noch warm, als sie ihn fanden, irreführend warm, so als sei alles in bester Ordnung, die Hände hatte er vielleicht noch an dem Lenkrad, und sie mussten diese Sitzhaltung brechen, denkt Sonia, alles so trist, und ebenso wird es weitergehen, bis das T kommt, und so wird es auch wieder beginnen, bei Q oder R oder S wie Schulz, Storz, Stromfeld, wie trist, denkt Sonia, Luft ein, Luft aus, atmet sie ruhig, wie sie es gelernt hat zu atmen, sie findet dennoch keine Ruhe, sie verlässt das Bett, sie geht durch die Räume der Wohnung, sie geht, bis sie müde ist. Man muss es sich vorstellen, denkt sie.

Sonia in dem Restaurant, Lust auf welchen Wein, flüstert sie, zu Hause bereitete sie die Komplimente vor, ja, dachte Sonia, ja, sie war zufrieden mit dem, was sie dort im Spiegel sah, und Sonia weiß, wie sie den und den und jenen hier ihr gegenüber anzusehen hat, ein wenig von unten, das streckt, das vergrößert um einen Deut nur die Augen. Doch nicht zu sehr das Kinn gegen das Schlüsselbein gepresst, ganz so, wie sie es gelernt hat zu wirken, wie sie es gelernt hat, sich zu benehmen.

Ach, Sonia, sagt jener ihr gegenüber, als habe Sonia ihn sich ausgedacht, genau an diesen Ort ihn sich hingedacht, mit ebendieser Stimme in ebendiesem Tonfall, ach, Sonia, sagt er, wie denn war dein Tag, fragt er.

Ich bin bei S wie Schrader angelangt, antwortet Sonia, und das ist so eine Sache, ein klarer Fall ist es, aber ich will so viel bedenken, ich will so viel mit einbeziehen, eine ganze Welt ist zu berücksichtigen, ich habe die Wohnung gesehen, ich habe von Hand beschriebene Zettel gefunden, einen Kamm, kein Haar darin verfangen, das Bett war gemacht, Ordnung war in jeder der Schubladen, die Heizung war abgedreht, der Kühlschrank war leer geräumt, nichts war angebrochen zurückgeblieben. Es ist gewiss, er rechnete nicht damit, je wieder nach Hause zu kommen. Ich hätte längst die Akte schließen können, doch ich will es nicht. Vielleicht, weil Schulz, Storz und Stromfeld nach Schrader kommen werden, weil es nicht aufhören wird, weil es bei Q wieder aufs Neue beginnen wird, verstehst du, so trist.

Ich komme noch einmal zurück auf die Zettel, sagt Sonia, und diesmal setzt sie sich dem Vorgesetzten gegenüber, wie sie es gelernt hat, sich zu setzen, auf gleicher Höhe die Augen, auf gleicher Höhe die Stirn.

Die Zettel also, sagt der Vorgesetzte, und er sieht von den Unterlagen auf, sieht Sonia an, müde sehen Sie aus, war wohl eine wilde Nacht, sagt der Vorgesetzte, S wie Schrader, Sie erinnern sich, sagt Sonia, wie sie es gelernt hat, Äußerungen zu übergehen, ich habe Zettel gefunden, auf dem Küchentisch lagen sie, es standen Namen darauf, von Hand geschrieben, der Name der Schwester sehr oft, der Name der Mutter einige Male, Frauennamen, der Name eines Mannes, es waren viele kleine Zettel, selbstklebend, sagt Sonia, ich werde recherchieren müssen, ich werde diese Zettel benutzen, um die Personen ausfindig zu machen, die etwas über Herrn Schrader wissen könnten. Die Schwester, die Mutter, der beste Freund, ich brauche also Reisegeld und Zeit, fügt Sonia hinzu, ein wenig von unten, das streckt, Reisegeld, wiederholt der Vorgesetzte, und Zeit, sagt Sonia, sie steht auf, so hat sie es gelernt, nicht eilig, nicht zu langsam, aha, sagt der Vorgesetzte, dann schreiben Sie mal Anträge, sagt er, und Sonia sieht sich gehen, wie sie sich im Spiegel gehen sehen würde.

Als ich Kind war, denkt Sonia, sie sieht aus dem Fenster, sie sieht aus dem zwölften Stockwerk hinunter auf die Straße und sie weiß diesen Satz nicht zu beenden, das Kind, das ich war, sagt sie leise, und Sonia hat nun Fotografien vor Augen, legt in Gedanken ein Bild nach dem anderen auf den Tisch, der Kinderwagen, das Kinderfahrrad, der Schulbus. Sonia an der Hand des Vaters, an der Hand der zweiten Mutter, neben der Schwester, Sonia auf den Zehenspitzen, im Gras, im Bett, zwischen Tante und Onkel, vor dem Haus, hinter dem Fenster.

Die Bilder, seitenweise eingeklebt, denkt Sonia nun, und in Gedanken nimmt sie das Buch der zweiten Mutter, das rot eingeschlagene Buch mit dem zierlichen Schloss davor, und in Gedanken stellt Sonia das Buch der zweiten Mutter zurück in das Regal.

Die Tage heißen Arnold Schrader und Sonia hat sich die von Hand beschriebenen Zettel in ihrem Büro an die Wand geklebt. Die Schwester, denkt Sonia, sieben Zettel mit dem Namen der Schwester hängen untereinander, die Schwester, schreibt Sonia auf den Block, Zweitgeborene, verheiratet, eine Tochter, schreibt Sonia auf, am Stadtrand ein Haus, vermutlich mit Garten, vermutlich zufrieden, denkt Sonia, und sie fügt die Telefonnummer der Schwester hinzu, dann die Adresse, und Sonia sieht erneut zu den Zetteln, fünfmal der Name seiner Mutter, denkt Sonia, und sie nimmt einen der Zettel, sie hält ihn in der Hand, klebt ihn dann an den Schirm der Schreibtischlampe und plötzlich versteht Sonia, ein Testament, jeder Zettel wurde für einen Gegenstand in seiner Wohnung geschrieben, eine Nachlass-Zuordnung, selbstklebend, für jeden vererbbaren Gegenstand einen Zettel, einen Namen, denkt Sonia. Sie stellt sich die Wohnung vor, er hatte die Zettel verteilt, er hat sie dann jedoch wieder eingesammelt, er hat sie auf den Küchentisch gelegt und dort vergessen, so muss es gewesen sein.

Sonia geht nicht sofort zu dem Vorgesetzten, es ist ein klarer, eindeutiger Fall, aber ich will reisen, ich will sie alle über ihn sprechen hören, denn man muss es sich vorstellen, denkt Sonia, und sie verteilt die von Hand beschriebenen Zettel in ihrem Büro.

Irreführend warm, die Hände vermutlich noch am Lenkrad, die Musik eine Endlosschleife, die Heizung auf höchster Stufe, die Garage voll Kohlenmonoxid, denkt Sonia, und sie sieht sich stehen, in dem Haus, in den Zimmern, vor dem Auto, neben dem Vater, das Kind, das ich war, denkt Sonia, und sie weiß den Satz nicht zu beenden, als ich Kind war, sagt sie, während sie die Zettel ansieht.

Sei mal ehrlich, sagt Sonia, und sie sitzt der besten Freundin gegenüber, sei mal ehrlich, S wie Schrader, achtundfünfzig, das ist ein klarer Fall, bei dieser Versicherungssumme. Ich könnte die Akte schließen, längst schon, aber ich denke bereits in Geschichten, ich denke, wie er dachte, das fällt mir nicht schwer, sagt Sonia.
Sei mal ehrlich, sagt sie, ich kann doch nicht wegen einer vagen, wegen einer gefühlten Übereinstimmung, kann doch nicht nur, weil ich einem unterstelle, gewesen zu sein, wie ich wohl auch gewesen wäre, alle Beweise vergessen, ganz so, als sei ich ihm zugetan gewesen, diesem Schrader, Arnold Schrader, achtundfünfzig. Ich kann mir doch seine Geschichten nicht erzählen, als hätten sie in meinem Leben stattgefunden, anstatt die Akte zu schließen, wie es nun an der Ordnung wäre.
Wir müssen nicht bezahlen, das könnte ich sagen, Arnold Schrader, unheilbar krank, hat sich das Leben genommen, so könnte ich es feststellen, und dann käme ich zu T wie Tants oder zu T wie Thiessen, oder aber ich würde bei Querin wieder von

vorne beginnen, sagt Sonia, und sie lehnt sich zurück, was meinst du, sagt Sonia zu der besten Freundin, noch einen Wein?

Sonia geht zu ihrem Auto, zu spät, wie an jedem beginnenden Tag, so trist, denkt sie, von Q bis T so trist dies alles, und trotzdem, immer wieder geht sie, jeden Morgen geht sie in das Büro, zwölf Stockwerke über der Stadt.
Zuerst die Schwester, denkt Sonia, die Schwester würde Geld von uns bekommen, die Schwester und die Mutter, sonst ist da niemand, der Geld bekäme.

Sonia ruft Arnold Schraders Schwester nicht sofort an. Sie stellt sich die Stimme der Schwester vor, im Hintergrund hört man vielleicht die Tochter rufen oder den Mann, vielleicht hört man den Hund bellen, denkt Sonia, mit Garten das Haus, am Stadtrand vermutlich, zufrieden vermutlich, denkt sie, und sie verwirft den Gedanken, wie aus einem Werbefilm, diese Bilder, die man der Zufriedenheit unterstellt, Kind im Garten, Hund im Garten, Mann im Garten. Sonia lacht, auch sie hat eine Schwester mit Kind, mit Mann, mit Haus, zufrieden vermutlich.

Willst du denn nicht, du solltest längst, wirst schon einen finden, siehst doch hübsch aus, bist doch nicht dumm, immer allein, das ist doch nichts auf Dauer, wer will das schon, hört Sonia ihre Schwester sagen. Wer will das schon, denkt Sonia, und sie hört die Klassenkameraden in der Schule nach ihr rufen, warum denn so eine neue Mutter, und Sonia legt in Gedanken das Buch mit den Fotografien auf den Tisch, der Kinderwagen, das Kinderfahrrad, der Schulbus. Das Buch ist mit rotem Stoff bezogen, denkt Sonia, ich gehe an der Hand der zweiten Mutter, vergrößert und auf die erste Seite des Buches geklebt, weshalb denn so groß, dieses Bild, weshalb denn auf der ersten Seite, denkt Sonia, und sie nimmt den Hörer und sie wählt die Nummer der Schwester, S wie Schrader.

Arnold Schraders Schwester antwortet, kein Geräusch ist im Hintergrund zu hören, keine Tochter, kein Mann, kein Hund.

Hallo, sagt Arnold Schraders Schwester, guten Tag, sagt Sonia, ich rufe wegen Ihres Bruders, wegen Herrn Arnold Schrader an. Mein Bruder ist tot, sagt die Schwester, wer sind Sie.

Dass Sonia Q bearbeitet und R, auch S und T, dass Sonia bei S angekommen sei, dass es Klärungsbedarf gebe, in solch einem Fall, dass Sonia Fragen habe, die sie stellen müsse, denn schließlich, bei dieser Versicherungssumme, bei dieser Todesart. Sie müssen verstehen, ich habe Zettel auf dem Küchentisch gefun-

den, sagt Sonia, und sie sieht währenddessen auf den Namen der Schwester, von Hand geschrieben.
Auf dem Küchentisch, wiederholt Arnold Schraders Schwester, was hatten Sie in seiner Küche verloren, wann waren Sie dort, fragt Arnold Schraders Schwester, und Sonia weiß keine Antwort auf diesen Tonfall.

Es gibt keine Briefe, nicht an die Mutter, nicht an die Schwester, denkt Sonia, und sie öffnet das Notizbuch.

Man kann nicht erzählen von dem selbst gewählten Augenblick. Sie wären sprachlos und deshalb würden sie unablässig sprechen, sie würden von der Zukunft erzählen und von der Vergangenheit, als könne man so die Gegenwart überspringen oder gar verhindern, steht auf einer Seite des Notizbuches mit all den Namen und Telefonnummern darin.

Man muss es sich vorstellen, denkt Sonia, wie das wohl ist, wenn einer auf diese Weise plant zu gehen, denkt sie, und sie sieht erneut ihre Aufzeichnungen durch. Kein Brief an die Mutter, kein Brief an die Schwester, vermutlich nicht einmal ein Telefonat.
Wie geht es dir, das hätte die Schwester gefragt, was tust du dieser Tage, hätte die Schwester am Telefon gefragt.
Die Mutter hingegen, sie hätte es sofort bemerkt, etwas stimmt nicht, hätte die Mutter gesagt.

Er hat sich das Datum vorgenommen, die Uhrzeit sogar, schon vor vielen Jahren hat er diesen Tag gewählt und er wusste fortan, was Zeit ist, denkt Sonia.

An der Hand der zweiten Mutter sieht Sonia sich gehen, lediglich die Fotografien muss Sonia sich vorstellen, dann kommt die Bewegung von selbst. Sonia kann das, die Fotografien in Bewegung weiterdenken, und so geht Sonia an der Hand der zweiten Mutter einen Weg entlang und hin zu dem Auto des Vaters, und Sonia kann das, sie kann den in Bewegungen weitergedachten Fotografien Geräusche unterlegen, das Geräusch der Autotüren, der Zimmertüren, das Flüstern der zweiten Mutter nebenan, die nichts vom Lauschen des Kindes weiß.

Die Stunden heißen Arnold Schrader, irreführend warm wird er gewesen sein, das Gesicht nicht verzerrt, als sei alles in bester Ordnung, denkt Sonia, doch überall stiegen die Abgase auf, das Garagentor wurde von außen gewaltsam geöffnet, und langsam gaben die Abgase das Auto frei.
Die Musik lief immer noch, wie das wohl ist, ein letztes Mal in den Briefkasten zu sehen, dem Nachbarn zuzunicken im Treppenhaus, denkt Sonia, und sie ist müde, sie macht sich auf den Weg zu ihrem Auto, auf den Weg nach Hause, wie an jedem Tag um

diese Zeit. So trist dies alles, und dennoch, immer wieder kommt Sonia an den Schreibtisch, immer wieder bleibt sie dort, wie Sonia es gelernt hat, immer wiederzukommen, wie geplant, wie vorgesehen, wie festgelegt, und zu bleiben, aufrecht, als zöge jemand von oben am Faden.

Es muss doch möglich sein, denkt Sonia, bei Betreten der eigenen Räume muss es doch möglich sein zu vergessen, alles zu vergessen, was da zwischen Q und T im Ordner festgehalten ist. Jedoch zu Hause angekommen, öffnet Sonia ohne Zögern die Tasche und sie geht die Aufzeichnungen durch.

(Katja Moreno, geborene Schrader, Schwester, gesprochen im Februar/03)

»Mein Bruder rief an, ich war nicht zu Hause, und er sprach mir auf das Band. Gerade ist mir eingefallen, das sagte er, und er brach ab. Mein Bruder legte mitten im Satz auf.

Was denn, verdammt, ist dir eingefallen, dachte ich, und ich spulte zurück und ich hörte es mir wieder und wieder an. Ich dachte, es sei vielleicht eine technische Störung gewesen, ich versuchte ein Knacken in der Leitung herauszuhören, aber da war nichts, er hatte einfach nicht weitergesprochen und das war auch schon alles. Keinen Grund gab es für sein Auflegen, einfach nicht weitergesprochen und Punkt. Es waren die letzten Worte, die er an mich gerichtet hat, es sah ihm ähnlich, dieses Abbrechen mitten im Satz.

Als ich in seine Küche kam, sah ich zuerst die Zettel. Sie lagen auf dem Tisch mit all den Namen darauf, auf der Rückseite die Adressen, und ich sah die Schwünge, die Züge seiner Hand, und diese beschriebenen Zettel waren mir ein Beweis dafür, dass mein Bruder noch am Leben sein musste.

Ich hielt einen der Zettel in der Hand, und es war mir vertraut, wie er meinen Namen geschrieben hatte, schon als Kind schrieb er ihn auf diese Weise, ohne den Stift abzusetzen, vom ersten bis zum letzten Buchstaben.

Dann kamen die Erinnerungen an die Krankheit. Oft dachte ich an den Tag, als er mir sagte, er werde bald sterben. Ich hielt es für einen dummen Scherz, wir waren auf dem Weg zu unserem Großvater, wir hatten die Knochenstücke und die Glasscherben in ein Handtuch gewickelt. Mein Bruder saß neben mir, er hielt das Bündel auf dem Schoß, er rauchte, er sah mich an.
Großvater will gewiss den gesamten Finger zurückhaben, der gibt sich doch nicht mit ein paar Knochenstückchen zufrieden, sagte mein Bruder.
Ich lachte darüber, Großvater wird sehr schnell begreifen, wie viel Zeit vergangen ist und dass die Zeit alles zersetzt, nein, sagte mein Bruder, nein, Großvater wird den gesamten Finger zurückhaben wollen, er wird mit dem Kopf schütteln, dann wird er nicken und er wird der Meinung sein, dass dieses Bündel hier zu uns passt, sagte mein Bruder.
Großvater wird es dabei belassen, er wird die Scherben nehmen und die Knochenstücke und dann wird er beruhigt sein, antwortete ich.

Mein Bruder saß einen Moment lang still neben mir, schalten, sagte er dann, hörst du das nicht, der Motor überdreht, sagte er, und dann sah mein Bruder aus dem Fenster, werde bald sterben, sagte er, und ich schaltete nicht, ich fuhr langsam und in gleich bleibender Geschwindigkeit auf der Landstraße geradeaus, wer wird nicht sterben und es ist wohl immer sehr bald, sagte ich, und was für ein dummer Scherz das ist, fügte ich hinzu, werde bald sterben, wiederholte mein Bruder, und da wusste ich, dass es die Krankheit war, dass er nicht mehr dagegen ankommen würde, und so wurde ich wütend.

Ich wurde immer wütend, gab mein Bruder sich geschlagen, er war faul sich selbst gegenüber, schon als Kind war das so. Es war meinem Bruder ein Leichtes, Gründe zu finden, nichts mehr tun zu können, er redete sich alles ins Unüberwindbare zurecht und so blieb er dann angesichts der unlösbaren Situation einfach sitzen.

Noch ein paar Jahre, sagte mein Bruder zu mir, ich schaltete nicht, ich fuhr geradeaus auf der Landstraße entlang, mein Bruder hatte die Knochenstücke und die Glasscherben auf dem Schoß, er rauchte und es war seltsam, ich glaubte ihm, ohne nachzufragen, werde sterben, hatte er gesagt, ein paar Jahre noch, hatte er gesagt, und er hatte das Wort Ich ausgelassen, deshalb glaubte ich ihm.

Ich schaltete, ich fuhr schneller, wir sprachen nicht mehr.

Die anderen nennen ihn tapfer. Wie tapfer er doch gewesen sei, damals, im Krankenhaus, später dann, in der Kurklinik oder zu Hause, allein lebend.
Ich kann ihn nicht tapfer nennen, weil einem am Ende nichts zu tun bleibt, als auf diese Weise abzuwarten, es ist irgendetwas, das man mit Tapferkeit verwechseln könnte, weil man durchhält, bis es vorüber ist, aber es ist eben nicht mehr als ein Abwarten.

Mein Bruder tat gut gelaunt, weil es keine Kleinigkeiten mehr zu bewältigen, weil es keinen kleinen Alltag mehr gab, da war nur mehr diese große, allumfassende gute Laune, mit der er die anderen zu trösten suchte, mit der er das Mitleid der anderen unmöglich machen wollte. Bedeutungen hatten sich verschoben, ein verlorener Schlüssel, eine defekte Waschmaschine, die Verspätung eines Zuges, alles das war ihm kein Ärgernis mehr.
Er machte mich rasend mit dieser guten Laune, mit dieser Gelassenheit, die er um sich herum errichtete, und alle nannten es tapfer.

Ich habe niemals jemanden Fisch essen sehen, wie mein Bruder es tat. Er konnte die feinsten Gräten von dem Fischfleisch befreien, als nage er an einem großen Knochen.
Denke ich heute an meinen Bruder, dann fällt mir dieses Bild ein, er, mit dem blanken Skelett des Fisches in seiner Hand. Woher kannst du das, fragte ich ihn einmal, und er lachte, ich weiß es nicht, sagte er, ich habe mir niemals vorgestellt, wie es wohl wäre, an einer Gräte zu ersticken, vielleicht kann ich es deshalb, ich weiß es nicht, sagte er.

Was denn ist dir eingefallen, dachte ich, und ich spulte das Band des Anrufbeantworters zurück, ich hörte es wieder und wieder an und ich habe bis heute nicht gewagt, seine Stimme von dem Band zu löschen.
Es gibt so viele mögliche Worte, die hätten folgen können, und ich werde nicht aufhören, seinen Satz zu Ende zu denken, ich werde nicht aufhören zu überlegen, was ihm wohl eingefallen war.
Ich wünschte, er hätte es getan, ich wünschte, er hätte den Entschluss gefasst, sich einen Kalender zur Hand genommen und den Tag, sogar die Uhrzeit festgelegt.
Ich wünschte, er hätte aus einem guten Moment heraus den Entschluss gefasst, in die Garage zu gehen

und das Auto laufen zu lassen. Das wäre mir lieber als ein Versehen, denn er hätte auf eine solch radikale Weise aufgegeben, dass ich es würde achten können.«

An der Hand der zweiten Mutter sieht Sonia sich gehen und sie hört die Kinder auf dem Schulhof fragen, hinterrücks, wo hat ihr Vater denn so eine her.

Wo hast du so eine her, das wollte auch Sonia fragen, den Vater fragen, doch sie fragte nicht und sie sieht sich an der Hand der zweiten Mutter in das Haus gehen, Wand an Wand mit der zweiten Mutter sieht Sonia sich stehen und immer wieder übte sie es, den Namen der zweiten Mutter fehlerlos auszusprechen, bis abends der Vater nach Hause kam, bis sie zusammen an dem Esstisch saßen, aufrecht, alle, wie sie es gelernt hatten zu sitzen.

Vater hörte nicht auf zu sprechen, denkt Sonia, so viele Wörter fielen, dass kein Platz mehr war im Zimmer, kein Platz mehr im Kopf, und Vater meinte niemanden, er sprach nicht mit der Schwester, nicht mit mir noch mit ihr, der zweiten Mutter, die der fremden Sprache sowieso nicht hätte folgen können.

Von Q bist T so trist, denkt Sonia, und sie schält den Apfel, wie sie es gelernt hat, morgens einen Apfel, morgens Salz, in einem Glas voll Wasser aufgelöst, und bei weit offenem Fenster steht sie, aufrecht, als zöge jemand von oben am Faden.

Er war niemals über das Dorf hinausgekommen, Vater mit dem Arztkoffer, stets für die Alten des Dorfes da, Zucker, Herz, Nieren, Venen, und für die Kinder, Masern, Mumps und Magengrippe. Vaters Rezepte, sie reichten niemals weiter als bis hin zum Dorfausgang, denkt Sonia, und sie sieht sich an der Hand der zweiten Mutter in das Elternhaus zurückgehen, sie sieht sich einschlafen, in einem der Zimmer, den Namen der zweiten Mutter sagend, fast fehlerlos, die Stimme des Vaters noch immer im Ohr.

Wie das wohl sein mag, den Hund aufs Land zu bringen, denkt Sonia, was sagt man, um nicht erzählen zu müssen, und Arnold Schrader, achtundfünfzig, unheilbar krank, hat vermutlich gesprochen, als spräche er zu vielen, entschieden und deutlich, ein Tonfall, der keinen Zweifel daran lässt, dass wahr ist, was er sagt, ein Hund gehört nicht in die Stadt, das wird er gesagt haben, wie das wohl ist, in dem Wissen um den selbst gewählten Augenblick die Leine abzugeben, den Futternapf, denkt Sonia, wie das wohl gehen mag, die Räume einer fremden Familie zu betreten, man wird ihm angeboten haben, sich zu setzen, man wird ihn gebeten haben, von dem Tier zu erzählen.

Arzttochter Sonia, an der Hand der zweiten Mutter sieht sie sich gehen, dem Auto des Vaters hinterher, im Schritttempo fährt er vom Hof, die Hand der zweiten Mutter hielt Sonias Hand, so lange, bis der Vater nicht mehr zu sehen war.

Nein, denkt Sonia, so ist das nicht gemeint, zu kurz ein Leben, egal wie lang, das wird man immer denken, so ist der Mensch, und er hält fest an allem und an sich, so klein, am Ende ist jeder von uns so klein, das nämlich ist der Mensch, und Sonia sieht sich aufrecht gehen, der zweiten Mutter nach, in das Haus zurück, und Sonia ging, wie sie es gelernt hatte zu gehen, damals schon.

Kein Brief an die Mutter, nicht einmal ein Telefonat, vermute ich, denn die Mutter hätte plötzlich nicht mehr erzählt von den Nachbarn, von der Familie, die Mutter hätte plötzlich gewusst, wie unwichtig alles geworden ist, sie hätte es an seiner Stimme gehört, an der Art, wie er sich nach ihren Neuigkeiten erkundigte.
Er hätte die Mutter am Telefon danach fragen wollen, wie er gewesen ist, als Kind, wie es war, ihn auf die Welt zu bringen, welches das erste Wort war, das er sagte, wo er die ersten Schritte ging. Er hätte diese Fragen jedoch nicht gestellt, was ist mit dir, du bist so still, hätte die Mutter ihn gefragt, nichts, hätte er geantwortet, nichts ist mit mir.

Ja, denkt Sonia, ja, sie ist zufrieden mit dem, was sie dort im Spiegel sieht, und Sonia weiß, wie sie den und den und jenen ihr gegenüber anzusehen hat, und sie bereitet die Komplimente vor, man muss es doch vergessen können, angekommen in den eigenen Räumen, muss man doch die Türe schließen und das S vergessen können, und sie wechselt die Farbe der Lippen, von hell nach dunkel wechselt sie, das muss doch möglich sein, jetzt aus dem Haus zu gehen und von Q bis T zu vergessen, und sie sieht sich in dem Spiegel stehen, wie sie es gelernt hat, sich anzusehen, von allen Seiten, von Kindheit an.

Sonia geht zu dem Auto, zu spät, wie an jedem beginnenden Tag, heute ist die Mutter an der Reihe, denkt Sonia, Renata Schrader, geborene Wilke, und immer wieder geht Sonia, jeden Morgen geht sie in das Haus, jeden Morgen betritt sie den Fahrstuhl, jeden Morgen kommt Sonia dann am Schreibtisch an. Sonia betritt den Raum, sie öffnet das Fenster und sie bleibt einen Moment lang stehen, mit Blick auf die Stadt, und sie sieht, wie Autos geparkt werden, sie sieht Menschen nach rechts gehen, nach links, alles gleichzeitig, denkt Sonia, und wie das wohl ist für einen, der zu dieser Stunde irgendwo in dieser Stadt, in dieser allgemeinen Bewegung an dem Tisch in der Küche sitzen bleibt, der auf seine Hände sieht, der seine Dinge betrachtet, während er das Leben zurückspult, es vorspult, in dem Wissen um Zeit, in dem Wissen um den selbst gewählten Augenblick. Zum Ende hin werden die Einheiten kleiner, denkt Sonia. Aus Jahren werden Sekunden, bis wir auf einen einzigen Punkt reduzierbar geworden sind, auf den letzten nämlich.
Sonia geht zu ihrem Schreibtisch und sie öffnet erst die Schublade, dann den Ordner.

(Renata Schrader, geborene Wilke, Mutter, gesprochen im Februar/03)

»Seine Lehrerin erzählte mir, sie habe meinen Sohn im Unterricht danach gefragt, wo er seine Ferien verbrächte, das weiß ich nicht, ich werde immer nur mitgenommen, soll mein Sohn darauf geantwortet haben.
Wir lachten darüber, die Lehrerin und ich, wir schüttelten gemeinsam darüber den Kopf, ich muss mir das unbedingt merken, sagte ich der Lehrerin, denn man sollte es den Kindern später erzählen können, wenn sie eines Tages erwachsen sind und nach derlei Kindergeschichten fragen.
Eines Tages, das sagt man so oft und weiß von nichts. Diese Entschiedenheit, ein für alle Mal weg zu sein, die traute ich meinem Sohn nicht zu. Ich wusste natürlich von der Krankheit, ich wusste, wie schlecht es um ihn stand, und natürlich wusste ich auch, dass mein Sohn an dieser Krankheit sterben würde. Ich hatte jedoch einen klaren Ablauf vor Augen, mein Sohn, der schwächer werden, der die Augen schließen würde eines Tages, kraftlos, bis er gänzlich verstummt wäre, ohne Kampf, nichts weiter würde passieren, als dass seine Brust nicht mehr auf und ab ginge, so hatte ich es mir erzählt, so würde das mit

einem gehen, der immer nur mitgenommen worden war.

Mein Sohn war selten bockig, fast nie geriet er in Wut, was für ein liebes Kind er doch ist, das sagte man so oft über ihn, ein aufmerksamer Schüler, niemals laut, das sagte man über meinen Sohn, und man griff nach seinen Pausbacken und man strich ihm über den Kopf, man zerzauste ihm das Haar, als sei es selbstverständlich, ihn auf diese vertraute Weise anzufassen.

Als ich hörte, er sei in Spanien geblieben, ohne Grund und Plan, er habe seine Freundin nach Hause geschickt und es habe keine großen Worte und Erklärungen von ihm gegeben, als ich hörte, mein Sohn bliebe allein, ungewiss, für wie lange und wo er bleiben würde, da war ich froh über diesen Anflug von Ungehorsam, über diesen Anflug von Mut.

Selbst als Dreizehnjähriger verhielt er sich nicht aufgescheucht und angestachelt und es schien, als käme er gut mit sich zurecht. Er sah zu, wie sich die Schulkameraden rauften und schubsten, er aber blieb dem Jagen und Rufen fern, und wenn man meinen Sohn so sah, hätte man denken können, er habe etwas zu sagen, man müsse ihn lediglich ansprechen.

Ich weiß nicht, ob er tatsächlich mit allem immer einverstanden war, ob ihn tatsächlich nichts störte und ihn somit nichts aus der Ruhe brachte oder ob es viel-

leicht gar keine Ruhe war, sondern vielmehr ein Erdulden.
Es ist mir unklar, ob er nicht hinterherkam oder ob er bereits einen Schritt weiter war und dort auf alle anderen wartete, zu warten schien er stets.
Ich kann mir meinen Sohn vorstellen, in der Küche an dem Tisch, und da sitzt er und er sieht vielleicht zu dem Fenster hin und man könnte meinen, er dächte nach, und man würde ihn fragen wollen, was denkst du, sag, aber man würde nicht fragen, mein Sohn war keiner, dem man Fragen stellt.
Oft hatte ich ein schlechtes Gewissen, man muss doch mehr über den Sohn wissen, dachte ich, man muss doch etwas über ihn sagen können, ich machte mir Vorwürfe, lange Zeit.
Irgendwann vergaß ich es. Ich dachte nicht mehr über ihn nach, ich hatte alle Fragen, die ich ihm hätte stellen können, vergessen, ich hatte selbst das Wissenwollen vergessen. Stattdessen erzählte ich meinem Sohn von der Nachbarschaft oder von einem Essen mit vielen Gästen und ich wusste, dass es ihm egal war, und er wusste, dass mich das nicht störte. Ich erzählte Geschichten und sie waren nichts als Träger meiner Stimme und mein Sohn hörte einmal pro Woche meiner Stimme einen Moment lang zu, das war alles.
Ich wünschte, ihr hättet es getan, habe ich einmal zu

den Kindern gesagt, ich wünschte, ihr hättet diese Weihnachtsgans wirklich in den See geworfen, sagte ich, und ich stellte mir meinen Sohn vor, böswillig und schadenfroh neben seiner Schwester am Ufer, und mir gefiel diese Vorstellung, dass sich die beiden auf diese Weise zusammengetan hatten, dass mein Sohn die gefrorene Gans in den See geworfen hatte, mit viel Kraft, in einem weiten Bogen, und dann standen sie und sahen zu, wie das Tier langsam versank, wie das gesamte Familienfest mit diesem Tier unterging.

Mein Sohn, so stellte ich es mir gerne vor, lächelte zufrieden über diese Böswilligkeit, ja, ich wünschte, es wäre so gewesen.

Er hinterließ mir keinen Brief, aber was auch hätte er mir schreiben sollen, was hätte es zu sagen gegeben. Vielleicht hatte mein Sohn einen Stift in der Hand, vielleicht saß er einen Moment lang vor dem zurechtgelegten Bogen Papier und dann wusste er nicht zu beginnen und so ließ er den Stift wieder sinken.

Vielleicht aber war es kein mutwilliger Tod, und so gab es für ihn keinen Grund, einen Abschiedsbrief zu schreiben, das wäre möglich, ein Unfall, ein Versehen, bei dem der Todkranke stirbt, bevor er sich der Krankheit ergeben muss.

Es ist traurig, dass ich als seine Mutter keine Gewissheit habe, dass ich nichts über ihn weiß, ohne vorher darüber nachdenken zu müssen, aber das ist die Geschichte, unsere Geschichte, seine und meine.«

Irreführend warm, denkt Sonia, vermutlich musste man die Sitzhaltung brechen, die Hände noch am Lenkrad, die Musik eine Endlosschleife, das Garagentor schloss selbsttätig aus Sicherheitsgründen, nach zehn Minuten tut es das, denkt Sonia, sie ist bereits auf dem Weg zu ihrem Auto, auf dem Weg nach Hause, es muss doch möglich sein, dieses S zu vergessen, Arnold Schrader zu vergessen, beim Betreten der eigenen Räume, das muss doch möglich sein, wenigstens bis morgen, denkt Sonia, zu Hause angekommen, öffnet sie jedoch sogleich die Tasche mit den Aufzeichnungen darin und Sonia arbeitet, wie sie es gelernt hat zu arbeiten.

(Karina Runkel, Ferienbekanntschaft, gesprochen im März/03)

»Hier steht er am Fenster, fast jeden Nachmittag stand er dort. Ich wohnte in einem Einzelzimmer, Straßenseite, er war der Nachtwächter des Hotels. Ich hatte ihn eines Abends bemerkt, er saß hinter dem Tresen an der Rezeption und er sah müde aus, aber es war nicht die Müdigkeit des Schlaflosen, es war eher so, als sei er eben erst aufgewacht und würde sich jeden Moment die Augen reiben.
Er stand also am Fenster meines Zimmers, fast jeden Nachmittag stand er dort und er sah auf die Straße hinunter, als würde er auf etwas Bestimmtes warten, nichts sehe ich an, antwortete er einmal auf meine Frage, die Leute, die Autos, manchmal ein Fahrrad, die Palme, nichts, sagte er.
Als ich damals das Foto machte, lachte er mich aus, du wirst nichts darauf erkennen können, du fotografierst gegen das Licht, eine Silhouette werde ich sein, mehr nicht, sagte er, zur Erinnerung reicht das in unserem Fall doch aus, antwortete ich.
Das ist lange her, ich wusste nichts von seiner Krankheit. Nach der Zeit in dem Einzelzimmer, Straßenseite, zweiter Stock haben wir nie mehr miteinander gesprochen. Ich war nach Hause geflogen, als gäbe

es da keine Möglichkeiten, nein, wir haben niemals auch nur ein Wort über Möglichkeiten verloren.
Zuerst dachte ich, er wäre niemals wütend, ich konnte ihn mir wütend nicht vorstellen, aber dann merkte ich, dass er ganz im Gegenteil alles aus einem gezähmten Zorn heraus tat.
Ich erinnere mich an diese riesige Plastik-Aubergine, sie stand vor einer Tapasbar, mit Kreide waren Speisen darauf geschrieben, dort saßen wir, an einem Ecktisch, ein wenig versteckt, es war laut um uns herum und ich war kurz davor, mein Leben ganz und gar umzuwerfen, mit ihm durchzubrennen, weil ich so gerne bei ihm lag.
Dann jedoch dachte ich plötzlich, auch weil er mich so ansah, so, als wäre ich gerade eben erst zur Tür hereingekommen, eine Fremde, die er zum ersten Mal ansieht, abschätzend, musternd, da dachte ich, dass ich nicht bleiben würde. Ich wusste es plötzlich, ich werde nicht bleiben, dachte ich.
Er lächelte und ich lächelte, das konnten wir gut, und ich hatte den ganzen Abend diese riesige Plastik-Aubergine im Blick.
Er brachte mich in das Hotel zurück, es war mein vorletzter Abend. Er ist nicht mit mir in das Zimmer hineingekommen, er brachte mich bis zu der Tür, weiter nicht, als sei es bereits vereinbart gewesen, dass wir diese Nacht nicht zusammen verbringen würden.

Ich blieb lange wach und ich zählte auf, was wir gemeinsam hatten. Ein paar Spaziergänge, ein paar Essen und die vielen Geschichten, die wir uns in dem dunklen Zimmer erzählt hatten, die wir auf diese Weise jedem hätten erzählen können. Ich verstand ihn manchmal nicht, das heißt, ich dachte, ich sollte etwas verstehen, dabei sagte er die Dinge nicht zu mir, er sagte sie, das war alles.

Im Nacken, sagte er einmal, im Nacken sitzt uns etwas und es wartet darauf, dass wir einen kurzen Moment lang vergessen, unbedingt leben zu wollen.

Ein paar Wochen waren es, die wir gehabt hatten, genau genommen keine bedeutenden Wochen, es war jedoch eine bedeutende Zeit für mich, denn ich wollte noch einmal so sein, wie ich früher gewesen war, ohne Pläne, ohne Vernunft, ohne Zögern. Es gelang mir nicht.
Jetzt das Leben und gestern das Leben und morgen das Leben und nichts zu berichten, das sagte er einmal, als ich ihn nach dieser Mara fragte. Ich drehte ihm den Rücken zu, du blöder Hund, sagte ich, du blöder Hund, dachte ich.

Diese Krankheit muss damals bereits am Wachsen gewesen sein. Er hatte jedoch keine Ahnung davon, denke ich, denn er sah aus dem Fenster, ohne sich etwas Bestimmtes merken zu wollen, er sah aus dem Fenster wie einer, dem die Tage nichts bedeuten.«

Sonia wird ruhiger, Luft ein, Luft aus, und sie erinnert sich an die Wohnung, an die Ordnung, so hinterlässt man unwiderruflich Räume, nein, er hatte nicht vor zurückzukommen, das war eine abschließende Ordnung. Vielleicht aber war dieser Arnold Schrader ein zutiefst ordentlicher Mensch, einer, dessen Schubladen stets im selbst auferlegten Ordnungssystem funktionierten, einer, der nie zu Hause kochte und so einen immer sauberen, fast unbenutzten Kühlschrank hatte, denkt Sonia, solche gibt es doch auch, die ihre Dinge stets an derselben Stelle, stets im rechten Winkel ausgerichtet stehen haben, solche, die den Geruch einer warmen Mahlzeit nicht ertragen können in den Zimmern der Wohnung, solche gibt es doch auch.

Wie kann er sitzen bleiben an dem Tisch in der Küche, wo er so oft gesessen hatte, um Einkaufslisten zu schreiben, um zu telefonieren, um aus dem Fenster zu sehen, wie kann einer an dem Tisch in der Küche sitzen bleiben und darüber nachdenken, welche Musik er mit in das Auto nehmen wird. Ich hätte längst die Akte schließen können, denkt Sonia, doch

ich will es nicht, vielleicht, weil es bei Q wieder aufs Neue beginnen wird.
Das Kind, das ich war, denkt Sonia, und sie weiß den Satz nicht zu beenden, als ich Kind war, denkt sie, all die Bilder, die mir gezeigt wurden, sie sind es, die bleiben, und in Gedanken legt Sonia die Fotografien zurück in das Buch der zweiten Mutter, zurück in das rot eingeschlagene Buch mit dem zierlichen Schloss davor.

Wie weit sind Sie denn bis dato gekommen, fragt der Vorgesetzte, wo ich sie hier schon einmal sitzen sehe, versunken in Ihre Notizen, lächelt der Vorgesetzte, nur achtundfünfzig Jahre, so ist das nicht gemeint, denkt Sonia, am Ende so klein, der Mensch, und er hält fest an allem und an sich, denkt Sonia, und sie sieht den Vorgesetzten an.
Sie werden sich schon bei mir melden, davon gehe ich aus, sagt der Vorgesetzte, und er dreht ab, zur Tür, nicht zu schnell, nicht zu langsam, ganz so, wie er es gelernt hat zu gehen, wie er es gelernt hat, sich abzuwenden, um Räume zu verlassen.
Es muss doch möglich sein, jetzt von diesem Schreibtisch aufzustehen und nach Hause zu gehen und von Q bis T dies alles zu vergessen, denkt Sonia, selbstverständlich werde ich mich bei Ihnen melden, ruft Sonia dem Vorgesetzten hinterher.

(Heinrich Schrader, Vater, gesprochen im März/03)

»Ganz der Vater, das hätte ich früher, als er noch Kind war, gern einmal von jemandem gehört. Ich hörte es nie. Heute bin ich froh darüber. Mehr ist nicht zu sagen.«

(Regine Reutler, Geliebte des Großvaters, gesprochen im Februar/03)

»Ich weiß, dass sie mich Schlampe nannten, wegen des Cabriolets, wegen der Reisen oder einem Seidenschal.

Sie verstanden nicht, weshalb ich Geschenke verdient haben sollte, sie musterten mich, wann immer sie mich ansahen, jeder von ihnen.

Überall in dem Haus sah ich ihre Gesichter, silbern gerahmt waren sie aufgestellt, ich ertrug es nicht, ich stellte die Fotografien der Familie hinter die Bücher in das Regal, sobald die Sippe das Haus verlassen hatte.

Noll überraschte mich einmal dabei, er war in das Haus zurückgekommen, er hatte etwas vergessen. Er blieb mir gegenüber stehen und er sah mich an, so schlimm, die Fotos, fragte er. So schlimm, sagte ich. Wir blieben einen Moment lang stehen, ich dachte, wir hätten nun ein Geheimnis und er müsse es hüten, das würde ihm das Gefühl von Macht geben, als habe er etwas in der Hand gegen mich, vielleicht dachte er das Gleiche, während wir uns gegenüberstanden und nichts sagten, irgendwann ging Noll aus dem Zimmer, so schlimm, die Fotos, das sagte er, ohne mich anzusehen.

Sie hatten all die Jahre das angeborene Recht, sich in dem Haus zu Hause zu fühlen, und sie machten Gebrauch davon, anders kann ich es nicht nennen, und es wurde der Tisch dekoriert, es gab zwei Kartons, einen für das Osterfest und einen für das Weihnachtsfest, Hasen und Engel, Eier und Sterne, gelbe Schleifen, rote Schleifen, und sie alle warteten auf den Tag X, wie sie den Todestag nannten, sie warteten auf den Tod des Hausherrn, um mich endlich davonjagen zu können.
Noll und seine Schwester sahen mich oft auf eine bestimmte Weise an, selten sagten sie etwas zu mir und so waren unter diesen Blicken alle Sätze möglich, alle Beleidigungen und Kränkungen umgaben uns, unausgesprochen.
Die Geliebte, so nannte man mich. Zu Anfang im Flüsterton, später, als seine Frau gestorben und ich in das Haus gezogen war, sprach man weniger leise, trotzdem hinter vorgehaltener Hand.
Die Geliebte, so nannten sie mich, das war meine Bezeichnung, fast eine Berufsbezeichnung, ja, so könnte man es sagen.
Ich war die, die man sich an Ferienorten und in Hotelzimmern erzählte, was sie wohl hat, diese Geliebte, was sie wohl kann, was sie wohl will und wie das werden soll, später, nach dem Tag X, ob sie sich einen nächsten alten Mann suchen wird, diese Ge-

liebte, das fragten sie sich, und dann sahen sie mich an und sie beobachteten meinen Gang, sie musterten mein Haar, meinen Hintern, sie stellten sich mein Konto vor.
Als seine Frau noch lebte und er am Wochenende oder nachts bei der Familie blieb, wusste man im Dorf, dass ich zeitgleich alleine war, dass ich wartete, auf einen Anruf, auf einen Blumenstrauß, auf ein nächstes heimliches Treffen in der von ihm bezahlten Wohnung.
Man wusste im Dorf, dass ich nicht anrufen durfte, dass ich zu warten hatte, bis er sich meiner erinnerte, bis er sich der Geliebten erinnerte, die ruhig zu stellen war, mit einem Seidenschal, mit Taschengeld oder Handschuhen aus feinem Leder, während die Familie an dem Tisch saß, Hasen und Engel, Eier und Sterne, gelbe Schleifen, rote Schleifen.
Es gab keine Zugehörigkeit, auch nicht, als man mir sagte, Noll sei in seinem Auto gefunden worden, er sei dort gestorben, in der Garage.
Die Vorstellung war mir unangenehm, weil es um den Tod ging, Nolls Gesicht allerdings, das hatte ich nicht vor Augen.«

Ob er den Wecker stellte, auf halb vier am Nachmittag, um sicher zu sein, den selbst gewählten Augenblick nicht zu verpassen, nicht doch müde zu werden, weil er die ganze Nacht wach geblieben war, denn er wollte nicht aufhören sich zu erinnern. Noch zwölf Stunden, noch acht Stunden, noch drei Stunden und irgendwann die Müdigkeit, im ganzen Körper und in jedem Gedanken diese Müdigkeit, und so stellte er den Wecker, denkt Sonia, und sie geht zu dem Fenster, sie öffnet das Fenster und Sonia bleibt einen Moment stehen, mit Blick auf die Stadt, nach rechts, nach links, alles gleichzeitig, denkt sie.

Haben Sie nicht genügend Zeit gehabt, fragt der Vorgesetzte, und er steht hinter Sonia in dem Zimmer, haben Sie denn nicht genügend Zeit gehabt, um endlich etwas sagen zu können zu diesem Fall Schrader, fragt der Vorgesetzte, und Sonia dreht sich um, S wie Schrader, denkt sie, und sie sieht den Vorgesetzten in dem Zimmer stehen, nein, sagt sie, nein, ich kann Ihnen noch keine eindeutigen Ergebnisse vorlegen.

Dann werden Sie sich bemühen, den Fall bis Ende der Woche abgeschlossen zu haben, sagt der Vorgesetzte, und er geht aus dem Zimmer.

(Mara Quartino, Freundin, gesprochen im März/03)

»Wie geht es dir, fragte er mich, ohne vorher seinen Namen genannt zu haben, nach all den Jahren fragte er das, einfach so und mitten in der Nacht.
Ich zögerte, ach, du bist es, jetzt rufst du an, sagte ich, und Noll wartete einen Moment, wie geht es dir, fragte er dann noch einmal, und ich lachte, was für eine Frage, antwortete ich, es ist noch dunkel draußen, wo bist du, fragte ich.
Alles in Ordnung, ich wollte nur, es ist so lange her, sagte Noll, und dann legte er den Hörer auf.

Man erzählte mir von der Krankheit, das ist lange her, es waren die Zwillinge, die es irgendwo gehört hatten, und mit dieser Krankheit war Noll für mich wieder zu einer Person geworden.
Als er mich damals, nach dem Urlaub, alleine nach Hause zurückfliegen ließ, da bat ich ihn, mir einen Grund zu nennen, weshalb er mich auf diese Weise wegschickte. Er sah mich an und es schien, als würde er überlegen, als würde er mit Bedacht nach den für mich richtigen Worten suchen, doch er sagte nichts, so lange sagte er nichts, bis ich nickte und ging.
Später dann bekam ich eine Postkarte von ihm, nur hier gibt es diesen erdenrunden Abendhimmel, nur hier, verstehst du, stand da.

Als er mitten in der Nacht anrief und mich fragte, wie es mir ginge, nach all den Jahren, die wir uns nicht gesprochen hatten, da wusste ich, dass etwas nicht stimmte, aber was hätte ich antworten sollen, wo hätte ich anfangen sollen zu erzählen. Wo lebst du jetzt, lebst du allein, hast du Kinder, was tust du mit deiner Zeit, das wollte ich fragen, ich fragte nicht.

Alles in Ordnung, das sagte er, und dann legte er den Hörer auf.

Ich blieb lange auf der Treppe sitzen, erdenrunder Abendhimmel, das dachte ich, irgendwann waren endlich die Kinder wach.«

Sonia geht die Straßen nahe seiner Wohnung entlang und sie steht plötzlich vor dem Restaurant, in dem auch er, S wie Schrader, Arnold Schrader, gewesen sein wird, das Restaurant in der Nachbarschaft, denkt Sonia, und sie setzt sich an einen der Tische, wie das wohl ist, hier zu sitzen und die immer gleiche Frage des Kellners auch an jenem Abend zu beantworten, wie er sie immer beantwortet hatte.

(Peter Gedig, Kellner, gesprochen im März/03)

»Er kam oft zu uns, meist abends, er hatte seinen Platz und ich musste nicht danach fragen, was er bestellen wollte. Er war ein angenehmer Gast, still und hungrig.
Hungrige Gäste konzentrieren sich auf das Essen, man muss lediglich darauf achten, sie schnell genug zu bedienen, und sie essen, bis sie satt sind, manchmal werden sie etwas müde und sie trinken einen Schnaps oder einen Kaffee und danach gehen sie nach Hause.
Hungrige Gäste haben für ihr Kommen keinen anderen Grund als den Hunger, sie wollen nicht erzählen, weshalb sie alleine kommen, was sie gestern getan haben oder welches Leiden sie quält, sie wollen einfach nur essen.
Er sah nicht krank aus. Als er zum letzten Mal hier war, schien er ein wenig müde, aber das war nicht Besorgnis erregend, ich fragte nicht danach, wie es ihm ginge, das tat ich bei ihm nie, nicht ein einziges Mal in all den Jahren fragte ich.
Er aß und er trank und er zahlte und es war, wie es immer war.
An diesem letzten Abend gab er mir allerdings etwas mehr Trinkgeld als sonst, ich dachte, er habe beson-

ders gute Laune, vielleicht ist ihm etwas gelungen, dachte ich, mehr Gedanken machte ich mir nicht über ihn, er war einer von den hungrigen Gästen, über die man nicht viel nachdenkt.«

Sonia sieht sich stehen in dem Hausflur, Vater war niemals über die Grenzen des Dorfes hinausgekommen, denkt sie, keines seiner Rezepte reichte weiter als bis zum Dorfende, wo nur hatte er so eine her, denkt Sonia, eine, die plötzlich in dem Hausflur stand, mit all ihren Koffern und Taschen, mir gegenüber stand sie, bereit, ihr Leben einzufügen in das unsere.

Das ist sie, sagte der Vater, und er nannte ihren Namen, den niemand auf Anhieb auszusprechen vermochte, und das Dorf steckte hinter all den Vorhängen die Köpfe zusammen und Sonia ging aufrecht an der Hand der zweiten Mutter und sie gingen vorüber an den Fenstern des Dorfes und Sonia wusste, welche Augenpaare auf sie gerichtet waren, und so ging Sonia, wie sie es gelernt hatte, aufrecht zu gehen, an der Hand der zweiten Mutter die Straßen des Dorfes entlang.

An manchen Tagen gingen sie, bis sie den durchgestrichenen Dorfnamen lesen konnten, sie gingen bis zu den Feldern und die zweite Mutter sah das Dorfschild an und sie versuchte den Namen zu sagen, mehrere Male, bis Sonia ihr half, bis Sonia der zweiten Mutter langsam den Namen des Dorfes vorsagte, immer wieder tat sie das.

Vergeblich, immer wieder vergeblich vorgesagt, denkt Sonia, und sie sieht sich zur Dorfmitte zurückkehren, an der Hand der zweiten Mutter sieht sich Sonia gehen, und im Rücken entfernten sich langsam die Felder, bis Sonia mit der zweiten Mutter vor der Tür des Hauses stand, dort, wo der Vater jeden Abend das Auto parkte und zweimal hupte, bevor er dann endlich ausstieg und zu ihnen herüberkam.
Immer wieder war Sonia froh, an der Hand der zweiten Mutter nicht über das Dorfschild hinausgezerrt worden zu sein. Sonia war froh darüber, dass sie stets wieder umkehrten und nicht querfeldein gingen, dass Sonia nicht an der Hand der zweiten Mutter in dieses Land hatte gehen müssen, von dem immer wieder die Rede war, dieses Land, dessen Gerüche sich in der Küche bereits ausgebreitet hatten, dessen Musik so fremd über dem Wohnzimmer lag, dessen Sprache manchmal zu hören war, hinter zugesperrter Tür, immer dann, wenn die zweite Mutter das Telefon mit in ihr Zimmer genommen hatte.

(Max Ertl, ehemaliger Mitschüler, Freund, gesprochen im April/03)

»Bis dann, mach es mal gut, das sagte er, und er sah mich genauso an, wie er mich immer ansah, und seine Stimme klang, wie sie immer klang, da war nichts zu vermuten, er hielt meine Hand nicht länger, als er sie sonst auch hielt, wir standen uns gegenüber auf der Straße vor der Bar, wie wir es immer taten.

Bis dann, mach es mal gut, sagte er, und wir gingen auseinander.

Im Nachhinein wundere ich mich über ihn. Nach all den Jahren Freundschaft fasste er nicht zusammen, er gab mir keinen Hinweis auf sein Vorhaben.

Als wir an diesem Abend ein nächstes Treffen vereinbarten, wusste er bereits, dass wir uns nicht wiedersehen würden. Ich wundere mich über die Gelassenheit, er schlenderte davon, er sah mir nicht nach, das weiß ich, weil ich es war, der sich auf der Straße noch einmal umdrehte. Ich sah, wie er in die Richtung seiner Wohnung ging, genauso, wie er es an jedem anderen Abend auch getan hätte.

Einmal erzählte er, auf welche Weise er Fische essen könne, so nämlich, dass nichts Essbares mehr übrig bliebe, und das habe er bereits als Kind gekonnt,

ohne sich je auch nur einmal an einer Gräte verschluckt zu haben.
Er lachte, er sagte, er habe es der Schwester nie beibringen können, man müsse den Fisch verstehen, diesen Körper, der sich da um die Gräten formt, und habe man diese Form verstanden, könne nichts mehr passieren.

Als wir Kinder waren, saßen wir nebeneinander, guten Morgen, Frau Martin, sagten wir gemeinsam und im Chor mit all den anderen Zweitklässlern. Ich war dabei, als er später bleich auf dem Schulhof stand und die eigene Spucke nicht schlucken wollte, wegen eines ersten Kusses, den er am Vortag bekommen hatte. Christina hieß sie und sie wollte Opernsängerin werden, ich erinnere mich an Nolls Gesicht, als sie ihm gegenüber auf dem Schulhof stand, und er wurde immer bleicher, ich kann nicht mehr schlucken, sagte er, bis die Lehrerin ihn zwang, ein Glas Wasser zu trinken. Er wusste nie, wo er die Schulferien verbringen würde.
Ich besuchte ihn in seinem ersten eigenen Zimmer, das an Weihnachten fast abgebrannt wäre, wir tranken heimlich Bier und wir ließen Nolls Schwester nicht mit uns in dem Zimmer sein, Noll behauptete, mit dem Schlossplatzmann gesprochen zu haben, das glaubte ich ihm nie.

Als er mir von der Krankheit erzählte, wusste ich nicht, was ich entgegnen sollte. Ich blieb still, ich sah ihn an, das ist selten, sagte Noll, dass du nichts zu sagen weißt.

Bis dann, mach es mal gut, das sagte er, als wir auf der Straße standen, wie immer.«

Im laufenden Auto, bei laufender Heizung, die Hände am Lenkrad, denkt Sonia, irreführend warm, das Gesicht nicht verzerrt, als sei alles in bester Ordnung, so werden sie ihn gefunden haben, und sie mussten diese Sitzhaltung brechen, die Hände am Lenkrad, denkt Sonia, und welche Musik er wohl in dem Auto hörte, man hat versäumt nachzusehen, man hat versäumt, es in das Protokoll aufzunehmen, von welcher Musik er sich wohl mehr und mehr entfernte, oder aber, welche Musik sich von ihm mehr und mehr entfernte, wie das wohl ist, denkt Sonia. S wie Schrader, Arnold Schrader, ein klarer Fall, der Augenblick war selbst gewählt und alles war geplant bis in das kleinste Detail.

Wir müssen die Versicherungssumme an die Hinterbliebenen nicht auszahlen, könnte Sonia dem Vorgesetzten sagen, hätte sie ihm längst schon sagen können.

Arnold Schrader, achtundfünfzig, unheilbar krank, immer nur mitgenommen, er wird der letzte Fall sein, denkt Sonia, und sie nimmt einen Bogen Papier, sie nimmt einen Stift und sie hat bereits vergessen, wie man sich zusieht von außen, wie man Räume betritt oder verlässt, wie man den und den und jenen anzusehen hat, sie hat das Dorf vergessen, das rot eingeschlagene Buch der zweiten Mutter, das Buch, mit dem zierlichen Schloss versehen, und niemand zieht mehr von oben am Faden.

Die Tage hatten eine glatte Oberfläche, dennoch spiegelten sie nichts wider, liest Sonia in dem Notizbuch.

Wie das wohl ist für einen, schreibt Sonia auf den Bogen Papier, wie das wohl ist für einen, der den letzten Augenblick gesetzt hat, wie man einen Punkt setzt, nach dem beendeten Satz. Wie das wohl ist, wenn einer geht.

Ein letztes Mal den Hörer des Telefons auflegen, ein letztes Mal den Stuhl unter den Tisch schieben, ein letztes Mal der Griff nach dem Mantel am Haken neben der Tür, schreibt Sonia, und sie nimmt noch mehr von dem Papier und sie hört nicht auf zu schreiben.